五山细雨

五山书院作品

蔡权 李果 — 著

作家出版社

目　录

一步一步

一步到位——我观看李果草书时发自内心的评议。

我们的相识源于文化艺术，相处也是基于文化艺术，第一次见面在国品，杜英姿在座，她是“红娘”。如今，我同李果已成了朋友，几天不见就想得慌，心里都惦念着对方。

平素里，我非常喜欢并尊崇沈鹏先生的诗书，想求字以作欣赏珍藏，听说李果在沈先生身边工作，又是杜英姿的好朋友，便请也是我好朋友的杜英姿把李果邀来，坐一坐。

那天我们谈得很愉快，餐后相约要经常接触。

回到寓所，我在纸上写：

> 与李果老师的交往既怡情，又是一种心灵艺术的分享，更是学习养性的楷模。有“景”更有“境”。
>
> 从李老师的身上分享到他成功自爱之道，成功爱人之道，成功的平平凡凡自得其乐之道。

李果给我的第一印象是比较闲适，任何时候找他基本都会碰到他在钻研学问。不像我总是忙忙碌碌，风风火火，来来去去，国内国外，深圳—北京，如同从西屋到东屋地走，一刻不停。

在与李果的艺术交流中，我发现李果写草书总是力求严谨，不敷衍、草率、打发了事。但他对待人事关系，有时客气，未必实话全说。

李果的拎兜里总装着一本于右任的标准草书《千字文》，随时方便学用。草书有特殊的写法，形体错了，神仙认不得，造型很重要。怀素《自叙帖》放得开，技法多，每个字的笔顺清楚，笔迹清晰，笔力清朗。李果受张芝、二王、张旭、怀素、孙过庭、于右任、林散之、沈鹏等草书大家的影响，写草书向一笔书方向进展，每隔一段时间相见，我都感到他有些许变化，甚至有让我惊讶的意外变化。他每回一到华影会，就站在书画案前习草。我的朋友来了，想求字，有求必应，虽然他们是初次见面，但却相见甚欢，其乐融融。我注意到他的草书现已一挥而就，一步到位。

我说的一步到位，是觉得他的字比我们刚认识时进步多了，他知不足而下苦功夫弥补之，有所成。

一步到位不意味着舍去过程，更不蕴含奇迹发生，反倒强调步步为营，踏踏实实，不搞“差不离”，不悬在半空。

李果草书更上一层楼，与他在草书大家沈鹏先生身边受到熏陶，与他多年研究沈先生并撰写出几十万字的文稿，以及与他乐不思蜀地接触新事物，与时俱进，都有关系。

2011年4月初，我从李果那里得知沈鹏艺术馆即将在江阴南菁中学举行隆重开幕式，便应邀放下手头工作连夜赶去，有幸参加开幕式，与沈先生共同合影留念，夙愿得偿。

李果送给我的散文集《情思缕缕》，我翻了几篇，觉得朴实，没有子虚乌有的无聊东西。

最近，我俩商议合出一本散文随笔，叫《五山细雨》。我们为此共同创作了一副对联：

九州大同源日月

五山风雅蕴江河

以后条件具备了再出续集。

南方多雨。

我站在五山书院里瞻仰起伏的五指耙山，郁郁葱葱，向往牛毛细雨蒙蒙时的迷人景色。

有时，大雨淋漓下起来往往止不住，裹尘挟埃，常常变成连绵细雨，空气特清新，而后淅沥的雨丝飘飘洒洒，润物细无声。

炒 米

“天寒地冻时暮，穷亲戚朋友到门，先泡一大碗炒米送手中，佐以酱姜一小碟，最是暖老温贫之具”，这是《板桥家书》中描绘乡村情感的片段，与我家乡风气相似。这样的情感可能是外地人较难领会的。在贫困年代，炒米作为每家每户常备的必需品，是很高级的。

母亲练就一手高超的炒米手艺。

入冬后，母亲便着手准备炒米的程序。因为炒米都是一年一次性炒齐，没有零零碎碎炒过的，所以前期工作比较讲究，须充分准备。母亲先从沙地里找回很细很细的幼沙，细细筛选待用。将蒸熟的大米冷水过滤，放在太阳底下晒上好几天，晒干后便可开始炒米。

母亲炒米那天，起得特别早，我还经常帮母亲烧水。我家灶台特别大，装的是大铁锅，待母亲清洗完锅后，就开始生火，用木材或杂草燃烧的火特别旺。

母亲将细沙放进锅中，用锅铲不断翻动细沙，待细沙到一定温度后就一点点放入晒干的大米，用竹枝做的小扫把不断翻动，每炒完一点，用竹筛筛去细沙，装入备好的竹箩里。

每次炒完后，母亲都亲手用竹筒储藏。我现在已经记不清每年要洗多少竹筒。竹筒是我家乡存放农产品的一种工具。因为炒米是一种十分怕潮湿的食物，平时在没有密封的情况下会受潮变得十分软口。炒米追求的是一种口感嚼头。炒完米后将其密封，作为炒米及准备加工炒米糖用。

炒米的繁琐工序结束了，也意味着春节即将来临。

炒米是我童年生活中记忆犹新的回味，常勾起我的意趣。

2016年7月7日

皓齿赋

她，笑了，露出一条白线；这是在漆黑的夜里，伸手不见五指。

他，乐了，亮出满口黄牙；这是在阳光普照的早饭后，香烟缭绕……

她和他不是夫妻，不是情人，也不是恋人。

不是。

我看到上面这段文字，不禁想起我的牙齿，几年前拔牙……至今隐隐作痛。

记得麻醉针扎进牙床里，药液所到之处，麻苏苏的，痒嗖嗖的。第三针扎进了上颚，疼得我无可奈何。只见大夫手执钢钳，猛地用力，像撅树木或拔树根似的，吱呀一声，龋齿连根拔了出来，拔掉了隐患和痛苦，拔出了两个结论：不再拔牙，养成刷牙习惯。

偏巧大夫爱絮叨，不管你怎么难受，也不管你爱听不爱听，手脚不闲嘴也动："口腔是消化器的第一道关口。食物被牙齿嚼碎后，由唾液里的消化酶把其中的碳水化合物变成麦芽糖，再由胃来消化。”

他好像自言自语：“如果口腔不清洁或牙齿残缺，细菌随着未能充分咀嚼的食物咽了下去，就会增加胃的负担，严重的得胃病。”

牙疼和拔牙之恨已搅得我六神无主，坐卧不安。

“牙疼不是病，疼起来不要命”，顾不得思虑这些，也听不进什么。

古人云：“以牙还牙”，“咬牙切齿”，“唇齿相依”，“唇亡齿寒”，反映出人的思想情绪以及人与人之间的关系。先秦散文家宋玉在《登徒子好色赋》中形容美女“齿如含贝”，洁白小巧，胜过玉石；“嫣然一笑”，迷惑人也。于此可见牙齿之魅力。牙齿还可作为标准。当代作家刘心武在小说《白牙》中说：“如同一处地方的厕所状况是衡量那个地方文明程度的最准确的标志，一个人牙齿的洁净程度便是那个人内心对文明追求的努力程度的显现。”我觉得此说不无偏激。还有一句反映牙齿同精神的关系、概括力更高的话——日本齿科专家铃木和男说：“牙齿是能够说出一个人的整个经历的履历书。”不记得谁说的，牙齿越白性欲越强烈。牙白成了性标。我望着手中残破的龋齿，一时茫然了。它是烫、酸、磕、碰损伤的结果，是不刷牙、不漱口、不爱护的结果。

“你知道刷牙的好处吗？”大夫边收拾手术工具边启发式地问我。

不等我吱声——不便张口，他自顾自地说：“口爽除臭，按摩牙龈，增强咀嚼力，避免细菌孳生。”

医学术语在一定程度上起止疼作用。

其实关于刷牙的知识，我已积累一些，只是不肯常用。

这之后，每当我刷牙时，就会想起那次沉痛的拔牙；懒得刷牙时，也会想起那次记忆很深的拔牙；坚持饭后刷牙，千方百计地将齿间的碎屑清除干净，将口腔里的异味扫荡净尽，唯恐遗漏一次，唯恐食物残渣在牙缝中发酵、变酸、破坏牙釉，唯恐齿龈肿胀，唯恐再次拔牙！

有时不得不用柔舌当牙刷，用唾液当膏液，以远离那摆脱不掉的痛楚，以冲淡那依稀的记忆。

渐渐地，有人发现我的牙齿白了，甚至疑其是假牙。

我非常艳羡洁齿，迷醉其间，欣赏不已。

1989年8月

父亲的生日

父亲过生日，何时操办，最初的一次已不记得。

我们做儿女的，格外看重父亲垂暮之年的生日，倍加珍惜，尤其是母亲走了以后。

父亲过生日那天，是全家的重大节日，隆重团聚，喜气洋洋。

父亲生于1916年，正月初八，这，我们知道；但不知道他生于什么时辰。

至于父亲的父亲，往上推，先祖如何，偶尔想到并提及，仅此而已。顾眼前，看现在，目光之短浅，不慎终追远，于此可见矣。

父亲生日这天，他成了家里的中心。但父亲从来说了不算，不抓权，不决断，他有句口头禅："人，该然走那一步，定不可移。"

他多次对我们说，谁愿意犯错误？都是一步一步，大小劲儿赶的。多种因素聚合在一起，必然会发生什么。

平素里，父亲有别于同时代人的，最让人羡慕的，是反对大男子主义，他是女权主义的坚定支持者。他对母亲言听计从，久而久之，大事小情均由母亲说了算，父亲乐得好像不管不顾的样子。但我一直以为父亲心里有数，对母亲绝对信任，评价很高。他不止一次郑重地说，母爱大于并重于父爱，这一理念深深地影响我，对父亲的公正和质朴，愈加敬重。

事实确实如此。在家里，母亲所起的作用远远大于父亲。父亲八十岁生日以及其后的生日庆贺仪式上，他即席讲话，总要这样说，既是对母亲最好的悼念，又是父亲思念母亲的完美再现。父亲敬爱母亲的言行举止，潜移默化地熏陶我对妻子的情感和态度。日常生活里，夫妻感情不知不觉地化为母子或父女情感，有时分不清，只觉得一家人，应当亲亲密密，无所顾忌。

令我难忘的几个场景，常常闪现在脑海里，恍如刚才发生一样。

十岁那年，我同七岁的弟弟李忠，跟着父亲徒步跋涉几十里山路、村路，穿越广阔的田野，到远离城市的居住在农村的二姑家去串门。哎呀，道路那么漫长！父亲在前面行走，我同弟弟边走边玩，三人成一条长线。

“路漫漫兮”——课堂上吟这句，体会何其深刻！

十岁左右，一天跟着父亲到鸡西矿务局俱乐部观看电影《新局长到来之前》，正片放映前，加映纪录片——北京少年儿童主演的《一个螺丝钉的遭遇》。我如醉如痴：蓝天白云，处处欢乐，时时鲜艳……生活如此美好。记忆里，这是父亲第一次领我看电影，也是唯一一次，印象深刻极了。从此，我一次又一次去俱乐部，那里给我以欢乐和别有洞天的新奇，弥补我经历、阅历之不足，滋补我。

十五六岁时，每逢节假日，同李忠扛着锄头，跟随父亲到离家十几里地外的山冈上开荒种地，自产粮蔬，填饱肚子。

1960年至1963年，全家九口人，全靠父亲一人的微薄工资，日子实在艰难。

“锄禾日当午，汗滴禾下土。”

每当读这首诗，我的感触无以言状！

令我铭记的两件事，都与午饭有关。

那是父亲退休后应聘为某单位工作，规定上午十一时收工。我提前十几分钟赶到，请父亲回家吃午饭。他正在抹墙：把和好的泥，倒在左手的木板上（大铲），用右手的泥抹子把泥抹在墙上，抹平。

我提醒父亲：“爹，到点了。”

“几点了？”父亲手中的泥抹子在墙上来回舞动，泥巴由堆堆块块，变成条条面面，然后镜面一般平整，看了让人心里舒适惬意。

父亲故意问，算是提示我，尚未到点。

“还差十分钟。”

“等一会儿。”

旁边的几个小工七嘴八舌地催促师博：

“提前几分钟收工没啥。”

“那么大岁数了，还这么守时。”

“退休之人，认真干啥？”

小工们都是年轻人，帮助父亲搬砖、运砖、递砖，运土、和泥、盛泥，以及从事其他辅助活儿，边干自己分内的活计边向八级工师傅学习泥瓦匠技艺。

徒弟们议论徒弟的，父亲抹父亲的。我注意到父亲在微笑——略微地一笑。

十一时过五分，他才把泥抹子在细沙堆里蹭了蹭，浑身粘着泥巴的泥抹子顿时焕然一新，泥巴不见了，垢去明存，闪射出耀眼夺目的光芒。

父亲把大泥抹子、小泥抹子、小刨锛、大铲、勾缝等工具，一一放进帆布大工具兜里，然后才同我离开工地。

还有一天中午，怨我。十二点半才把饺子包好，真是忙三火四、手忙脚乱的。父亲坐不住了，从炕上下来，帮我煮饺子。圆滚滚的热腾腾的饺子捞出来，盛到大瓷盘里，已是十二点四十五分，离父亲下午一点上班还有十五分钟，而父亲从家赶到工地还得走几分钟。我急出一身汗，心绪像锅里的汤水似的，翻滚着。

"爹，你先吃吧。"

父亲坐下来赶紧吃。

我看了一眼，父亲简直在吞食。

一大盘饺子，二十几个，热气冒着，转眼间露出一些盘底。

父亲边吞食边瞅柜上的闹表。

我马上就能煮好下一锅。

父亲干体力活，至少得两盘子。

我端起满盘饺子往屋里走，迎面碰上父亲边走边嚼边说："我得走了，到点了。"

我一看，桌上盘里还剩一半饺子。

霎时，我难受起来，恨自己：为什么不早一点剁馅、和面、擀皮子？为什么拖拉到这个时候？为什么不提前？

父亲走的前一年，快过生日了，我夜不能寐，浮想再三，怕父亲突然离去，来不及交代，我们得不着什么，那才叫遗憾。

一天，我建议父亲讲讲人生感触。他讲了，我边听边记，根据父亲口述整理成文：

不容易，都不容易

今年是牛年，牛马年好种田，风调雨顺，国泰民安。

两个人是本命年：我大儿媳妇辛莘和我二儿子李忠。

牛是宝，借牛年的力量，一福压百祸，家里人都太太平平，事事顺当，大大收入。

“不当家不知柴米贵，不养儿不知父母恩”。一辈流传一辈，父母恩情重，父亲差一些，母亲的恩情一辈子也报不完。

我活八十多岁了，家里家外，人最难交。平常交往的人，冷不丁对你甜言蜜语，特别热乎，要防备，要警惕。

未曾做事，掂一掂：你能吃下去，人家能不能吃下去？

人，生来不易。从小到大，要靠自己的能力、创造；别做歪事，要走正路。

江南江北一样安居，草房瓦房一样安眠，丑女俊男一样安乐。

过去有本书，里面的话我还记得：“丑妻近地家中宝”，“家有贤妻，男人在外不做横事”。

我四岁时，母亲就去世了。父亲领着我们哥儿俩从吉林到黑龙江，吃不上，穿不上，日子最难过。高粱将成未成时，撅高粱头熬粥喝。那时，走了一处又一处，挣着就吃，挣不着就要着吃。

人，该然走那一步，定不可移。过去的难劲儿就不用说了。

七岁时，我拾柴、放猪、种地。

十四岁铲地是硬角。

十六岁时有吃有穿，能过得去。

十七岁烧酒、赶车、当厨师。

后来，挑水、修理炉子、火炕，我这一生，力没少出，没有待着时候。

人该然走那一步定不可移。

一步一步不容易，得出力，得赶机遇。

有一年卅（除夕）那天，我躺下做了个梦，说我二大爷背行李来了。等我醒来，他真的来了。

小时候，瞎子给我算卦，说我胸前三个红痣（一明两暗）有贵人相助。有难时，必有贵人出来……不信不行。

人活在世上，不容易，都不容易。

不善言谈的父亲，敞开心扉地说。

父亲听了我念的整理稿后夸我："还是从事写作的，把我想说和要说的话都整理出来了。"

我听了，意外，感到振奋，一再说："爹，这可都是你的话呀！我只不过记录一下。"

"嗯。"

他乐了，连连点头，随之陷入深思。

一年后，父亲逝世，永远离我们而去。

父亲走之前，我好像模模糊糊有预感似的。

那是半个月前，晚上七八点钟，我骑自行车骑到东四十条港澳中心西侧十字路口向南几十米处，竟然从车上跌蹦下来，面朝东南，匍匐在地，连磕两个头，爬起来后，右腿破皮，眼镜没有破损。

东南方向，正是父亲远在两千里外的住处。

过几天，我在朝内路北一家特价书店里浏览，一位收款员对另一同事说："十七，死期。"

十七，死期。

长这么大，我头一次听人说这样的话。别人谈论的，与我无关，可我入耳后，吃惊，动心。

春节假期，父亲生日一过，我恋恋不舍地返京。全身是病的父亲挣扎着，脚步移到六楼窗口，探出白发苍苍、皱纹纵横的头脸，挥手，望着我远去。

我不知道这是父亲生前同我"再见"。

如果我能意识到这一点，就会放慢脚步，一步三回首。

三个月后，1998年5月11日十五时许，父亲咽下最后一口气。

当我从北京赶回家乡，来到父亲遗体身边，已是13日凌晨一时，夜色凄迷苍凉。

我轻轻走近父亲，躬身悄悄掀开蒙在父亲头上的遮布，多么熟悉多么亲切呀！

父亲张着嘴，似在呼喊；

双眼微睁，好像极力寻望；

长长的凌乱的眉毛，像北大荒的野草，伏卧在饱经风霜的眉骨上；

洁白的胡须，蕴含岁月的沧桑、人生的苍凉。

我将父亲双眼合上，抚摸他的面颊。

父亲默默无语，却好像跟我说了千言万语。

出殡时，我同他贴脸，像母亲走时那样贴脸，一阵冰凉，直击心底；父亲同他这个长子出生时贴脸亲昵温热的感触已不复存在。

父亲走了，我才意识到他那天的絮语是遗嘱，是他一生的回顾和总结。

平时他缄默不语，从不夸夸其谈。

他理智，有头脑，思想细腻，体现在他对技术精益求精以及超凡脱俗的技艺上。

凡是请他修缮炉灶的人，包括远亲近邻，工农兵学商，各行各业，市长、市委书记以及其他市级领导，对父亲都赞不绝口，称他“李冒烟”。每当这时，作为子女引以为荣为乐。

随着现代生活方式的改变，平房逐渐消失，高楼迅速崛起，父亲渐入老境，“李冒烟”时代不可逆转地宣告结束。

我为父亲惋惜、悲哀。

父亲退休以后，不得不转移他业，舍弃内行——同砖砌的炉子、火墙、土炕一一告别，同他熟悉的泥土告别，同他眼看的从烟囱里冉冉冒出的浓烟告别。

我曾对父亲说，东北高寒地区传统取暖方式的火墙子时代彻底结束了，空调、集中供暖时代开始了。

父亲认可。

我也不无怜悯地联想到自己的命运——执笔时代将一去不复返，手指按键（刷屏）时代如日中天。

我从小到大手握硬笔（偶抓毛笔）的方式不得不退出人生

舞台。

人呀，一辈一辈，一代一代，无不如此。

我越是步入老迈之境，眼前越是浮现父亲的音容笑貌，魂牵梦绕，融入血液，日夜环流。

父亲走后第一个生日那天，喜庆成悲痛，无尽的哀思，历历往事，如梦如烟……

命运的际会[①]

大约是1996年6月下旬，那时笔者做《中国文房四宝》杂志主编，拟采访《中国文房四宝》顾问、中国书协代主席沈鹏。

当年第二期《中国文房四宝》用了显著位置和较多篇幅刊登启功的书法作品及其有关事迹。笔者携带刚刚出版的这本刊物去见沈鹏。

打了多次电话，才得知，他身体欠佳，暂不接待记者采访。

过些时日，再三联系，终于同沈鹏通上话，约定某日十七时在他家里相见。

他的声音温和而有力度。

沈鹏刚从南国回京。南国之行，恰逢芭蕉翠绿掩映荔枝丹霞，用林岫的话说，眼福口福不浅，诗囊饱满，《啖荔（四首）》，新鲜可人，不虚此行。

笔者从未见过沈鹏。第一眼看到他时，他近六十五周岁，满头白发，疏朗且蓬松，仿佛怒发冲冠般地散乱在宽阔的额头

---

① 此标题由蔡权先生拟定。

上；又像一种风景，茂密的白桦林无序地生长着，给人潇洒、生机勃勃和崇敬之感。

他瘦削的体格里越发显出学者的风度。

见面后，他一再打量笔者，那时笔者差几个月正好五十周岁。他询问笔者有关问题。采访和被采访的角色、关系陡然间发生变化，当时笔者略有察觉。

沈鹏问了笔者的志趣、爱好、特长以及简历等情况，翻了翻笔者带去的两期杂志，对版式设计予以肯定，并提出文字同图版位置的疏密问题。那时，笔者兼责编和版式设计。在大略阅读了笔者写的一篇短文后，先生说："如果你感兴趣或有时间，也可以给我们当编辑，帮助我们看看稿子。"

我听后既振奋又感动，赶紧说："那太好了。"

"这样，咱们改天再详谈，今天就算见见面，相互认识一下。"

我们先是在二楼客厅见面，然后到三楼书房谈话。谈话之初，他往来于书房和厨房之间，刷洗茶杯，为我沏茶，并请我用竹签吃茶几一端盘子里切成小方块的鲜红西瓜。

"那是刚切好的……"说着，沈鹏又拿起遥控器，打开空调。

我心里感到凉爽和甜蜜。

对沈鹏主编的《美术之友》《美术向导》《中国书画》，我一无所知，从未接触过，连人民美术出版社在什么地方，我也云里雾里，且惊讶他同时主编三本国家级专业刊物，十分景仰。

"沈主席，能不能让我看看您主编的刊物？"

他顺手找了找，找到1996年第1期《美术之友》（总第84

期），上面有他撰写的《编辑设计工作的创造性》一文，引起我极大兴趣，想仔细研究研究。

初识《美术之友》，仿佛走进另一个世界。我很少接触美术。《美术之友》给我最初印象，像它封面上标明——中国美术出版信息总汇。一册在手，悉数在胸。

“中国美术出版信息总汇”一语是主编沈鹏建议加到每期的封面上，为《美术之友》高高举起一面旗帜。

过了几个月，京九铁路通车五天后，我到人美社报到，两天后，9月9日正式上班，有幸在沈鹏直接领导下工作，成为《美术之友》责编，一干十年！

十年一梦。

梦醒时分，我才意识到自己的使命是潜心撰写《沈鹏传》。

从初识沈鹏到《沈鹏传》文稿杀青，回首改变我人生命运这段路程——

> 水到渠成，得先有渠的蓝图，然后躬身一锹一锹地挖掘，最后才能渠成水到。

（选自《沈鹏传》）

臧克家轶诗一首

“九七回归”不久，我有幸在诗人盛配家里得见《臧克家旧体诗稿》一书。

当时，年近九秩的盛配正独自一人忙着校阅他的近作《词调订律大典》清样。这部巨帙两百多万字，即将由华侨出版社出版。

夏承焘教授题写书名并作序，周振甫作引言。

《词调订律大典》原叫《词调订律》。夏教授题签时正病重，签毕言：“我写成这样子，祖宗二代都会骂杀我的！”

书中插图之一：民国十六年秋，厦门大学博学楼北，鲁迅中立，前排左一坐地者盛配也。

那时，追随鲁迅、念中国语文学系、穿长袍的盛配风华正茂，才十八岁。

书中插图之二：1984年盛夏溥杰为盛配扇面（一只猛虎从草丛中探出身来）题自作诗：

逐逐威如乙，生生肖以寅。

声迴山谷应，百兽怯逡巡。

一方朱印："溥杰七十五后作"。

书稿专业性强，难以假手于人，老人一遍又一遍检阅。

我同盛配相识于中国美术馆。

那时他已八十九岁，看上去六七十岁，脸色红润，眉毛黑白参半。

"我很忙。"

他出语惊人，引起我惊愕。初识后接触得知，他天天在撰写《双瓦砚室诗词联丛书》，同时将《元人小令集》改写成诗词。

盛配将李淑一为他1965年下放劳动时边在山上割猪草边填一百首和毛泽东《蝶恋花·答李淑一》韵的墨宝"百虎词"拿给我看。

然后，我随意翻阅《百虎词》中的第九十六首《蝶恋花·咏柳系回韵》：

折赠便教抛泪雨。种下相思，纵属人分虎。唯叶初舒枝乍舞。眉兮腰也思红袖。

是彼春情浓胜酒。是彼衰残，秋意偏偏有。是彼尽凋当数九。成为挂月空枝柳。

盛配丧偶后便到女儿盛囊家来住。

十九年来，凡是有人问："家里还有什么人？"盛配总是一句话："我家有女儿。"

盛囊却说"父亲来我家"。

盛囊是次女，老人有三个女儿，都事业有成，而她们的父亲盛配已有今后十一年计划，把想写的东西写好。

《词调订律大典》序引部分有议对的几句话。

议对是谁?

谈起议对，盛配把臧克家赠给议对那本书找出来，介绍给我看。

书中有臧克家轶诗：

儿时景芝酒名扬，长辈贪杯我闻香；
佳酿声高人已老，沾唇不禁念故乡。

诗末署名“臧克家”，注明时间“1985年 年八十”。

诗用蓝色墨水笔直文书写在书中第123页、《“阅微草堂”兴即》一诗的右侧，三行，行书，个别字略草。

字迹苍劲洗练，自然舒展，整洁有序。

从硬笔书法角度欣赏，也应属于炉火纯青，美轮美奂，不可多得。

估计此诗1988年7月至9月间写在《臧克家旧体诗稿》上，创作该诗三年后。

《臧克家旧体诗稿》由武汉出版社于1988年7月出版，书赠议对时间是1988年9月8日，反过来推论，新书诗稿到达臧克家手里当是8月末9月初。

扉页上“议对方家同志指正”的笔迹，同轶诗笔迹深浅粗细不一，两处笔迹非同时所为。

轶诗字迹在先，书赠字迹在后。

书赠字迹写于臧克家八十三岁。

为何认定这首诗是轶诗?

《臧克家旧体诗稿》中未纳入此诗。

臧克家在书中自序言：

> 近十五年来，我仅仅写下了百余首旧体诗，产量不多。今裒而集之，有诗必录，未能精选，汰去次品而存其可读者，不无憾于心焉。

此序写于1987年11月29日，待书印出来，翻阅时发现遗漏一首，便按照写作时间先后，将它书在《“阅微草堂”兴即》之侧。

《“阅微草堂”兴即》作于1985年12月11日，在1985年里，《“阅微草堂”兴即》应是较晚的一首，但不一定是最后一首。

《“阅微草堂”兴即》末句“昔日书香换酒香”，涉猎“酒香”，引起联想，想到景芝酒，想到轶诗，便书之。

这首轶诗作于《“阅微草堂”兴即》之前之后都有可能，可以断定的是，都作于当年。

有没有这种可能：臧克家阅读《“阅微草堂”兴即》时，格外兴奋，想起当年写酒的另一首诗，况且，既然“有诗必录”，故乡景芝酒香不能落下，于是，振笔书记，方才尽兴。赠予议对时，此书送出，盛配得之，我阅之。

史料记载，“齐鲁三大古镇”之一景芝，以产高粱大曲酒闻名于世，有“景芝水含三分酒”“松下古井见酒泉”之传说。1957年考古发现大汶口文化时期蛋壳黑陶高柄酒杯，表明景芝酿酒已五千年矣。

抗日战争时期，李振曾在家乡安丘景芝一家酒坊当账房先生以掩护身份。1984年，时任山东省委书记的李振，找到诸城人、著名诗人臧克家，请他为酒城景芝题词，便有了这首诗。

吟诵自然想诗人。

1997年国庆后，臧克家正卧床同疾病抗衡，年迈九十二岁，令人景仰。

不知诗人何时能“不待扬鞭自奋蹄”，“深耕细作走东西”。

阳光下的情思

——法国画家查理·乔得龙的水墨世界

“大哥!”

一个外国人清清楚楚地喊我，我对他的兴趣更浓了。

我们在一个普通的偶然机会里相识。

1998年11月23日，我到日坛画廊一条街的秦昙画廊看画，一幅水墨画立刻吸引我，它可能出自一位高手。画廊张秋莹小姐告诉我，展出的水墨画均是法国画家乔得龙所作，这是画展最后一天。顿时，我突然发现中国水墨这样神奇，富有魅力，竟是一个外国人所为。我的情绪陡然升腾，走到留言簿前，写出感慨：

> 查理·乔得龙先生的水墨画吸引了我，画面恬静得让我灵魂屏住呼吸，景物精美得让人想投身其中，伴之终生。我认为乔先生的画作是东西方艺术的结晶，极想把乔先生的画作向中国广大读者介绍，并想请张秋莹小姐从中帮助，希望早日同乔先生见面。

当时最吸引我的是一幅常见的北京四合院民居外景。

夏日阳光下，树影斑驳地洒在门外石板路上。石板历久年深，歪斜裂缝，凸凹不平；门旁两尊小石狮静候悄无声息的时光，半开半掩的陈旧房门不远处停靠一辆带铁筐的自行车，同房脊上垂顺下来的柳枝相对无言。生活如此安谧，日子如此安闲，让人陶醉，其乐融融。

大约过了十天，在长城饭店后面乔得龙先生家里，经孙晗小姐翻译，我同乔先生畅谈起来。

他忍不住叫我一声“大哥”，我非常高兴，眉开眼笑了。

又过三个月，转眼到了1999年2月，春寒料峭，我陪乔先生到神路街46号门前写生，始知他是怎样创作中国水墨画。

我们沿神路街由北向南，伴着柔和日光，选择创作题材。他在这一带以及北京城区几个四合院集中之地，都画过水墨画。不少居民熟悉他，同他打招呼。

神路街似乎不是一条寻常巷陌。

它是皇帝到天坛祭祀的必经之路，路侧多为清兵营房。这里民居规范典型，到了世纪末，面临拆迁。古旧砖瓦门洞沉没在高楼大厦汪洋之中。乔先生叹惋着，以依恋之情为它们留下最后的身影。

院墙和民居动迁过半的这户人家，祖上世代栖居此地。越过断墙，眺望过去，左侧是京广中心的上部，右侧是蓝岛大厦尖顶，越过它们的顶上，则是蔚蓝的天际。

乔先生驻足相摹良久，又蹲下来打量，然后说：OK。

随后，他在路旁打开木质画箱，拿出小凳，展开从法国买来的水彩纸，用铅笔在上面勾勒，牵引手中的线条。

烟斗燃起，烟雾升腾。

碧空如洗，时近春节。

晌午刚过，行人往来。

有的观看，有的好奇，有的议论。

微笑和友善同伴，快意和欢欣共存。

乔先生把三个小瓶摆在腿边，一个墨水，两个清水；手中握着两管毛笔，一深一浅。

从他握笔姿势和运笔方式，可知他的画是写出来的，一笔一画，有板有眼。

他左手捏块类似宣纸的柔软纸团，不断蘸去彩纸上过分的墨水。本来充盈而洋溢的深色，一洇便浅淡，效果大变。那个纸团很神奇，浑身墨迹斑斑。

他边望边画，笔在纸上晃来晃去，头在景前抬起落下，一个多小时后，眼前景象已从二三十米远处，悄然定居在纸上，不是那景胜似那景。

一个外国人，几番操作，抓住并变幻出神奇的水墨画，可能他是当今在北京创作四合院民居的唯一外国画家。

一群男女学生围观后，一个男生问我："他听得懂国语吗？"

"听得懂，来北京好几年了。"

"听得懂就不说了。"

乔得龙望着他们离去，同我笑起来，滚动着欢畅的嗓音，飘向远方。

1952年，乔得龙出生于西班牙首都马德里，十一岁师从国立波尔多美术学院名教授习画，从二十世纪九十年代初在法国艺术展览中就获奖。在十多次个展和数十次参展中，他的作品引起各个层次观者读者的广泛注意。法国艺术评论家赞叹他用黑白两色表现阳光，赋予景物以生命。

1996年8月他首次来到向往的中国，先后游览北京、承德、开封、大同等地。第二次来北京，不再浮游，而是以艺术家眼光，定居四合院附近。

1997年9月至1998年6月，他在北京语言学院学中文，同时开始作水墨画。

他喜欢吃中国菜，用筷子；离开中国后，也找中国餐馆吃饭，在中国生活总的感觉是惬意舒适。

交谈中，他时而英语时而汉语。

问：您来北京的最初感觉？是什么事物激起您创作的灵感？

答：北京是座让人惊讶不已的都市。胡同像城市里的村庄，朴实的生活情趣让我激动。四合院里的老房子生机勃勃，富有活力。许多在北京长大的人，看见这些就对童年产生美好的回忆。邻居老大妈望一眼角落里的杂物和垃圾就知道是谁家倾倒的。垃圾桶怎么放置，都各有特点。生活细节反映出浓厚的文化氛围。

胡同里的老房子，历经风雨沧桑，瓦上枯草和嫩树都在表明数百年或上千年的生存状态。中国人恬静的生活方式，强烈吸引外国人走进四合院，走进民居，走进中国传统文化里。

传统里有很可宝贵的东西，当人们用现代科技来改善生活水准时，许多古老的东西被拆毁，我不希望中国人在拆旧建新时重蹈西方人的覆辙，即不要以新替旧，把传统哲学思想毁掉。我寄希望于中国人珍惜民族文化遗产，同时期望外国人喜欢并热爱中国文化、民间民俗以及老百姓的日常生活。

我画北京民居，有的外国朋友持以异议："有什么可画的，又旧又破。”

他们不以平等的姿态和角度去了解事物，任凭主观想象去揣摩中国人的生活状况。

我画四合院，画老房子，想从侧面去引导外国人以平等平常心态同中国人交往，以安静、朴实、丰富的画面引起外国人去深入了解中国人日常生活的兴趣。

当他们走进四合院，打开古老的房门，就会看见里面温馨和迷人的生活场景。

问：您是怎么掌握中国水墨画技艺的？对水墨画的看法？

答：中国透视方法同西方的不一样，水墨画散点透视，通过墨色深浅浓淡反映物体，构图中的留白也会产生远近效果。

我最初接触中国画，感到惊讶，它的光线效果以及留白填补的空间，是西方水彩画无法做到的。同样的工具和技法，效果迥异。

我开始画油画，丙烯常用黑白两色。后来用钢笔画水彩画，感觉和效果都有变化。

1993年9月中国故宫藏画在法国巴黎展出，我站在那里，连看几个小时，面对四五百年前的名家名品，琢磨、体悟、想象，一笔接一笔地看，直到看完这幅画。

我完全被十三世纪的中国山水画迷住了。

画展后，我买了毛笔，尝试画水墨。

毛笔表现出的大面积形体或阴影，让我欣喜不已。

1994年起，我不再用钢笔，完全用毛笔作画。

我翻阅中国书籍，体会中西技法，逐渐形成自己的绘画风格。

问：怎样概括您的绘画风格？

答：我的风格变化，现在看，首先是具象，不管哪国人，一望可知，一看就懂。不少外国人在中国生活工作两三年，却从未到过胡同里走一走，当他们看了我的画后，才想去看看，走走，才好奇地想：中国人到底是怎样生活的？

他们走进四合院，才发现那里不是大杂院，是中国文化，中国传统，中国风采，比我还惊讶、兴奋。

我画的是现实生活，不是想象，也不是照搬照抄，而是有取舍，有理想。画面给人以安定美好、令人向往。

我想用手中笔墨，去淋漓尽致地表现光线、阴影、冷、暖、内心感受、努力方向。比如日坛公园晨景光线弱，到了中午，风和日丽，影子是灰色的，这时作画，效果亮丽，静谧无声，可以尽情进行光影游戏。

问：我发现您的画作里很少出现人物，甚至没有，这是怎么回事？

答：NO！

1997年6月，我画的一幅画里有人在桥上走，不过，那人不大像中国人，是在什刹海画的。

我想通过景物反映人，侧面反映。比如门旁靠辆自行车，说明骑车人在院里屋里。画扫帚和撮子，比画人在那里动作效果好。象征手法，注重细节，以小见大，以少喻多。

问：您创作时的心境如何？平静？波澜起伏？

答：自己跟自己叫劲。

有时路过一个地方，忽然想画，涌起强烈创作欲望，与眼前景物交流，立马回去拿画箱，回来坐下来，慢慢琢磨，先用心，再用笔。构图好后才画，不是见一画一，见二画二。

有时，都摆布好了，觉得不对头，不是景物和心情变了，而是时光和天气变了。时光和天气很重要。我常常在中午时分锁定：画还是不画？

这时光影处在最佳状态，一过去就不好看了。

不是我在决定何时起笔，而是太阳在做决定。

阳光底下，要谦恭，是阳光在特定时空里创造出神奇的光影效果。

太阳以手中辉煌的光线，勾画出无与伦比的图画。

阳光是宇宙最伟大的艺术家。

问：我想问的最后一个问题是，您在北京生活，走街串巷，吃苦挨累，有奇闻轶事吗？

答：（他笑起来，脸上涌现红潮，沉醉其中。）

画上的汉字，门上的对联，房上的牌匾，是画上的，不是写的，当画画的。

每一幅画背后都是一个感人或令人难以忘怀的故事。

在什刹海古庙旁小卖部里，一位老先生可怜我在阳光下不吃不喝地一坐几个小时，痴痴呆呆地写画，他把自己戴的草帽摘下来，戴在我头上。然后给我沏茶，双手举平，小心翼翼地端给我喝。他不但长时间地看我作画，而且还把我的画拿给他的家人看。我的周围，知音越来越多。

我同古都宜人的风景对话，古都老百姓同我对话。我们的感情融合在图画里，像阳光一样火辣辣的，也像门墩石狮子一样沉甸甸的。

我在日坛画廊一条街秦昊画廊举办画展，胡同里的居民来了好多，边看边议，有的说那画上画的是他家门脸。有的穿上西装革履，我看了没认出来。

地安门胡同里一座旧宅主人——年轻孕妇，来看画展三次，她说：你的画卖掉太可惜，我们以后再也见不着了，心里难过。

有几幅画，给多高的价钱我也不卖，留着，保存用金钱买不来换不去的感情。

有些画里的往事刻骨铭心，一辈子也忘不了。

在一个胡同里，暑假期间，几个小孩欺负一个叫小白薯的三四岁小孩，那几个孩子散去后，这个小孩一直站在我身旁，专注地看我作画，那样子动人极了，可爱极了。他好像看到自己玩耍的天地渐渐浮现出来，看到天天生存的环境这样光鲜亮丽，忘却了刚才发生的不愉快、气恼和怨恨，憨态可掬，天真无邪。

我给他画了一幅简笔画，同我刚刚画完的那幅差不多，只见他小花脸上绽开笑容，高高地扬起手臂，连声喊："我有画了！我有画了！我有画了！"

听到喊声，那几个欺负他的小孩纷纷跑出来，围着他，看过来看过去，又是惊喜又是羡慕又是羞愧。从此，他们再也不打他了，对他怜爱有加。

每当我在那里画画，小白薯多彩的笑脸都像中午的阳光一样，格外灿烂。

1999年5月乔得龙把在中国的作品整理成《乔得龙记忆中

的速写》，嘱我作序，赠给我采用CAHSON提供的ARCHES Expression纸张印刷30本编号的第16号画册，并在扉页左侧为我题词：

致李果，一位朋友：

从1998年10月的画展开始，通过稿件的准备，神路街的采访，我们逐渐相识相知。

感谢这位接近我这样普通的艺术家的中国知识分子，尽管双方文化背景迥然不同，却能够共享对生活与艺术的热爱。

乔得龙（孙晗译于1999年6月18日）

（原载1999年7月7日《人民日报·海外版》，文字略有改动）

潘家园书画市场见闻

潘家园旧货市场在北京东三环南路潘家园桥西二百米处，它是全国规模最大、价格最低的旧物自由交易市场。潘家园书画市场为旧货市场的重要组成部分，其商品主要包括古旧下架图书报刊、书法和绘画作品，书画品类之全，风格之多，形制之异，各地书画市场几乎无出其右。十几个敞开的和三十多个封闭的棚室墙壁、地面上到处挂摆着创仿、装裱以及产销、批零参半的字画商品。

1998年4月4日上午，我同09号书画室主人谈及国画销路，他们说，稍微带点现代技法的写意花鸟画比较好卖。去年10月的一天，日本一家博物馆买去二十幅，每幅三百元，这一天的收入等于一年的书画室租金；经常有台湾、韩国等地的商人大量购画。他的写意花鸟画曾先后在北京太平洋国际拍卖有限公司、报国寺民间收藏拍卖会上以无底价形式拍出二百、一千、一千八百元等价格。我们正聊时，一位外地客商匆匆拣走三幅花鸟画，每幅四尺整张，均以一百元成交。

1998年4月8日中央电视台二套一档栏目报道了凭一支笔闯京城的老人，这老人就是1995年夏末从山东风尘仆仆进京的崔子崇。他先在阜成门旧物市场摆地摊卖字，一个月后即转移到潘家园市场。从1995年11月25日到1997年5月10日，平均每月收入三千元以上。近一年来，崔子崇又回到家里继续写字卖字，月收入略减，但扣除支出，生活无忧。走进潘家园市场，再走出来，年逾花甲的书法家崔子崇说，我们冷热渴饿累苦都不怕，习惯了；到了北京，眼界宽了，机会多了，越是现场写字越有精神，书法要有功夫，包括基本功和个人风格，宜于雅俗共赏。

人们议论最多的是潘家园书画市场的假冒伪劣作品，其中仿临书画触目皆是，蔚为奇观。仿齐白石、李可染、启功、沈鹏、欧阳中石、刘炳森等书画名家的作品几可乱真，价格比原作低近百倍。我想，若是这些名家有空儿到此一瞧，定会忍不住开怀大笑，摇头慨叹。

我指着仿沈鹏的一幅书法，特意问："好仿吗？"那位仿者说："不好仿，仿得不怎么样。沈鹏的字功夫深，变化莫测。"他边说边把仿沈鹏的那幅字卷了起来，掩盖上，不好意思再示人。

一位书画室主人张天石（后采纳蔡权先生所起艺名：易石）告诉我，现在潘家园至少有五家仿启功的字，各有千秋。所谓"家"，是指销售的书画室。而他仿临的，可谓一绝。乍一看，不能说不像；仔细端详一番，一时也难以找出破绽。他把粗硬厚实的右手伸出来给我看，那拇指和无名指上的又白又厚又硬的茧子都是让"启功"的字磨出来的。"这是苦差事，可是我有兴趣，除了要有书法基本功外，还得看悟性，抓住启功字端庄清秀刚柔兼济的特点，逐步提高。"

"你是怎么看冒名顶替仿临的？"我问天石。他说，自古以来，假的真不了，真的假不了。不过，仿临也是创作，糅进了仿临者的性情、见识、修养、追求。观赏者或顾客从直观角度看这些作品，认为顺眼、喜欢，“好看不贵”，“物有所值”，便会掏腰包，装点居室或赠送亲朋。也可能有一天，我不再仿临名家的字，而创作自己的书法。

一般说，书画创作都是绝版，再三摹仿，也不能形神兼备。它有别于机器成批生产的商品。有意思的是，摆卖仿临作品者准备了被仿临者的书画集，让购买者对比，是不是真像，是不是有差别。这同拍卖会上时有李鬼冒充李逵恰成对照。更有意思的是，好事者把仿临启功的字拿给启功看，启功说：“比我写得好……”一笑了之。

潘家园艺术品自由市场至少能给人们三方面便利：各取所需，各有所得，皆大欢喜。

无论走进还是走出潘家园书画市场的艺术工作者，他们千辛万苦地献身艺术，美化生活，创造价值，这是生活的主流，也是潘家园书画市场的主流。

（原载1998年5月28日《中国书画报》）

鲜桃只应天上有

1998年11月9日《光明日报》第五版右上角刊登我写的《消费中的诱饵》。

题目是编者拟改的，我觉得有些不确实，若说“消费”当指整个社会，而非个体；“诱饵”一词似乎过于形容，也不妥切。

该文由来的整个经过，其实微不足道。

那年夏末一天中午稍过，我从东城区北总布胡同32号人民美术出版社下班骑车出来，先到东单一家小商店，购买几件日常生活用品，捆在自行车货架上，左顾右盼地穿行在东单和长安街衔接的十字路口上。

我心里有点嘀咕：怎么这样拖拖拉拉的，让路人瞧着多不雅。

不料，刚骑过长安街，快接近东单公园时，就被人喊住。

我有些不便地从自行车上下来，转身回顾，看看谁在叫我。

只见一个中年妇女，也推辆自行车，快步向我靠近。

“要不要桃子？”

唔，原来是卖水果的小贩。

她向我示意自行车筐里的几个鲜桃。

我瞅了一眼，确实非同一般。个个又大又饱满，不仅如此，是我所见过的桃子里的魁首，每个一斤以上，粉红色泽，又鲜又艳，胜过孙悟空大闹天宫里的仙桃，着实让人喜爱，走过路过，不忍错过。

但心想，这么好的桃子，肯定价格不菲，便试探地问：“多少钱一斤？”

她不在乎地说：“就剩这点了，便宜。”

我便把车梯子立起来，将自行车停在路旁。

她推介桃子：“这是久保桃子，早晨托运一车，都卖光了，就剩这点，给钱就卖，不论多少，我急着回家。”

“两块五行吗？”我给的是时价的八成，直觉捡便宜。

“行。”她倒爽快，真是给钱就卖。

一称，四斤，双方倚车伫立。

令我奇怪的是，她既不忙着收桃钱，又不忙着往她携带的装水果的塑料兜里装桃子。

桃子在秤盘里，放在她的车筐里。

只见她摘下挂在车把上的一个常见的又旧又脏的黑色皮革兜子，拉开链，举向我。

“你看，我卖了这么多零钱，不好带，能不能换给我一些整钱？”

我把投进皮革兜里的眼光收回来，的确，零钱成堆，太多了。与人方便，自己方便，零换整，可以的。

身旁骑自行车的一一闪过，小汽车和大客车也匆匆闪过。不远处长安街上更是车水马龙，没有人注意我俩在干什么。我下意识地环顾周边，心里暗自思忖：真是巧得很，平时我兜里不揣钱，正好今天上午开支，八张100元大票崭新锃亮，便胸有成竹地问，“你换多少？”

“当然越多越好。”她倒不客气。

“五张行不行？”

换钱有啥不可，谁也不占谁的便宜。整钱换成零的，多占点地方而已，不过，花起来也方便。我不想把兜里的都换给她，自己还要留几张。

她赶紧说“行，行”。

我等候她点数零钱。

她从皮兜里找出一沓10元的——事后才意识到，那些10元钱为什么整整齐齐地成沓成捆？她不是刚卖完桃子吗？哪有时间规整？显然是事先准备好的。可这，怎么竟没引起我的疑虑？

当她把数好的四十五张交给我时，又从兜里掏出厚厚一沓1元的。

一男一女站在自行车旁，埋头数钱，她数1元一张的，我数10元一张的。

长安街南侧这一景，后来刊登在《光明日报》上，编者特意配发一幅漫画《“狸猫换太子”新编》，漫画作者常铁钧。

我边数边乐。

乐什么呢？前几天，编辑部里同人聊天，他说前两天吃个亏，事情经过是这样的——

一年前的一个周末，他在家门口西单旁的一条胡同里遛弯，有个青年人走近前来：“大爷，你看，我刚卖完水果，兜里全是零钱，鼓鼓囊囊的，不好带，你能不能换给我几张整的。这不，”青年人指点自行车筐里剩的几个京白梨，“就这几个了，便宜给你吧？”

实事求是地说，“大爷”居京几十年，真就没见过这么大个这么澄黄这么新鲜的京白梨。

“大爷”满足了那个青年人的要求，“大爷”做梦也想不到“换钱”有玄机，是一场骗局。

当他回到室内，把稀罕的京白梨喜滋滋地放在桌上时，猛然发现同时也放在桌上的钱少了许多。等他急忙冲出家门，把钱骗到手的小伙子已无踪无影。

西单还是那个西单，胡同还是那个胡同。

唯一不同的是，“大爷”心情很失落：让一个青年人骗到家门口。

他是怎么骗的？

“趁我数钱时，采用调包计？也许。”

“大爷”站在胡同里，茫然地望着东去西行的慢悠悠的街坊邻居，怅然若思，心乱如麻。

听“大爷”讲这传奇故事时，我乐得够呛，这会儿心里乐的是，几毛半钱，数还数不准？看还看不清？握还握不住？

真是的，就凭我如此这般精神，“换钱”算什么事儿？钱抓在手里，怎么能少？谁比谁奸？谁也不比谁傻？点数清楚不就得了？

心理活动活跃，外表却不动声色。

北京城里正在熙熙攘攘大街上点钱的两个人都是如此，不独男的如此，女的也如此。

可悲的是，男的仅仅以为自己如此，并且暗自嘲笑他人，实则最终把自己——仅仅把自己嘲笑了，甚至嘲弄了。

这是滚滚红尘里真实的一幕。

两个人先后数完手里的钱。

卖桃子女人把五十张1元的交给我时，要求接过10元一沓，“我再数数。”

数呗，我心想，有钱不怕数，有账不怕算。

事后我意识到偏偏四十五张而不是五十张“10元”的，不多不少五十张“1元”的，这不是巧合而是添乱，故意制造麻烦和混乱，别有企图。

我将手中四十五张、一张不少的10元钱又交回她的手中——事后我感到自己太愚蠢了，为什么不拒绝呢？为什么不马上揣进衣兜里？为什么此刻偏偏全神贯注地查数无足轻重的1元这沓钱？

过了一刻，我胸有成竹地说：“没错，五十张。”

她没有要求再点数1元的票子。

我将厚厚的这沓1元钱放进车筐布兜子上面，可能是钱太厚的关系，不便装入兜里，便自然地放在并不太鼓囊的手提兜上。

那些10元一张的票子，可能随后跟着放到1元钱上面。可能，细节记不清了。

该把鲜桃往车筐里放了。

我注意到她做出一个令我惊诧的奇怪动作，这个动作顿时把我弄蒙了，我呆痴痴地凝视，痴呆呆地考虑：她为什么要特意高高地抬起秤盘，把秤盘里的桃子倾倒进车筐里时，也高高地特意举着黑皮革钱兜，好像长方体的钱兜同长方形的秤盘难舍难分骨肉相连无法分开似的。

事后我猜想她这个特殊动作可能是为了阻挡我的视线，抑或吸引我的注意力。

鲜桃入筐便可挥手再见。

未料她竟然问我："你往哪边走?"

我不假思索地毫无戒备地回答："一直向前，回珠市口。"

意气风发有如我者乎?

心满意足时可曾有过?

鲜桃在筐里，人民币在筐里，我心里奇怪：刚才换钱的经历怎么会像"大爷"那样演变成被骗的故事呢!?

得意时分，正是尚未警醒之时。

尚未警醒之时，往往自鸣得意。

我向前骑行几十米远，未至东单公园门口，下意识地望一望筐里颤动的钱币，瞬间，心也颤动起来：好像10元一张的钱少了，薄了，不厚。

停车，取钱，数钱。

整整缺少三十八张，相当于当时一辆上好的新自行车价款。

回头，张望。

调转车头，往回骑，骑到换钱那里。

此处已空无一人。

白云悠悠。

奔流不息的长安街，依然奔流不息。

人海茫茫，茫茫人海。

十字街头，言犹在耳——

"你往哪边走?"

刚才那人杳无踪迹。

懊悔油然而生。太自信，半百已过，上当受骗后，对自己如何上当、人家耍弄何种伎俩，此时一头雾水，竟然懵懂一无所知。

这实在令人惭愧，当时以及事后，想也想不明白，始终糊里糊涂。

我把编辑部里被骗和受骗的两个故事讲给内子听，她不过哈哈一笑而已。

不久，她路过哈尔滨，在街头遇见一个向她兜售西红柿，同时也要求换钱的人。

她警惕地说："我兜里没有多少钱，少换点可以。"

钱换完，手里握着几个非凡的圆滚滚红彤彤的洋柿子，她却不知道自己也已上"当"了：损失一百八十元。

我听了她讲述受骗的经过及其细节，仍然搞不清骗子有哪些骗术，依旧闷在葫芦里。

当我回到珠市口西半壁胡同的家里，望着人间难寻、只应天上有的仙桃，边反省边品尝它的滋味。

咬了一口才知道：一个桃子换算成人世间的价格，将近一百元！

秀色进肚，居然醒悟：

吞食仙桃者，非寻常之辈也。

（原载1998年11月9日《光明日报》，2011年10月27日改写）

难忘的庆典

——中国电影家协会成立五十周年

8时30分，我同北渔、李辛思向人民大会堂西北门走近时，看见李雪健站在入口处一辆中客车前同熟人说笑，然后一个人往入口走来，我被他朴实、年轻的形象所惊疑，以为认错人了。屏幕上，《渴望》让我最先认识他，接着是《焦裕禄》，最近是《水浒》，演谁是谁。

“你们看，那是李雪健。”

“是他。”

李辛思惋惜：“哎呀，我没带本，没法请他签字。”

“用请柬。”我和北渔提醒他，他乐了，马上迎上前去。

开始，李雪健用我提供的笔书写，未出墨迹，又换李辛思递上的笔。墨迹还是不大渗入纸上，他用力地写每一画，边写边说：“得慢一点儿。”他在请柬左侧中下部写出名字并附上年月日。“健”字走之伸至极远处，回峰，峰头锐利有劲。这字迹让我感到：他长寿且有更大作为。我们一同走进人民大会堂，走近签到处。

我请他先签到：“我要挨着李雪健签名。”

他微笑着签字，把笔递到我手里。

微笑时，他嘴部肌肉牵动，亲切可人，我暗自认为自己同他有相似或相像之处。

我曾在香港厅参加过会议。李辛思六七岁时，同我到人民大会堂观看《第一滴血》和《血证》，他还记得，而此时他刚好大学毕业。

我们来参加中国电影家协会成立五十周年庆典，是想目睹电影家走下银幕的风采。李辛思想不到，为他签字的第一人竟是协会副主席、闻名朝野震惊天下的好汉宋江，开了一个好头，是好兆头。

在广东厅入口处，我发现沈鹏先生书贺行书："百花竞开，金鸡长鸣"，同启功先生题贺并列左右。北渔为我拍照留念。

我们之所以有幸与会，是因为协会寄给沈先生的请柬被我们占用了，前不久他同夫人去美国讲学，临走之前嘱我处理信函。这一盛会岂能错过？

会场里到处是寒暄和欢笑。

李辛思像个猎手，熠熠闪光的双眼寻觅、捕捉感兴趣的目标。

田华入场，一头华发。白毛女顽强不屈的魂魄依然在她身上外溢。她在请柬正中央偏上一点向左倾斜处签字，一笔书，"华"字悬针同左倾的"健"字媲美。"华"字下右侧是陈强走笔。"强"比"陈"矮一半还多些。他微弓身子，脚上是胡同里老大爷常穿的凉鞋和裤子以及普通的T恤，半点儿黄世仁的恶霸派头也没有。他在名字下面署上："九九年八月廿六日"。

在李辛思请柬左上角斜着飞舞的一条曲线是王晓棠的字迹。看上去，她有些憔悴，可是光采依旧照人。她的军人威仪让李辛思趑趄不前，再三犹豫，眼看着王晓棠离座，走出会场，不大一会儿返回来，恰巧站在我们座前同一位来宾说话。机会来了。他们一说完，李辛思就冲上去，聚精会神地盯着王晓棠专心致志签字。我抢拍了这一镜头。

谢晋进入李辛思的视野。

他绕过半个会场，同正在唠嗑的谢晋相对而站，趁谈话间隙，请谢晋签字。谢没有停下来，继续说着，用手示意李辛思，并说："等一下。"

李辛思微笑着站在那里。

一部《鸦片战争》使导演谢晋名噪全球。他在会上谈电影对他的影响，而影迷却在想他对观众的影响。

突然，谢铁骊主席经过李辛思身边，李辛思紧紧抓住这一机遇。谢铁骊在另一页的右侧签字，"骊"字最后一笔上行回环垂直到"铁"字上部，整个名字浑然一体，稳如泰山。

谢晋谈完话，接过请柬，在"李雪健"左边竖书草体"谢"，行书"晋"，同右侧边缘的直文"秦怡"遥遥相对。而"王铁成"三字居于左上角，与王晓棠毗邻。这一页里留下笔迹的还有李默然、石维坚、朱琳、凌元、林恩予（字迹难辨）。另一页签字的，分三种情形。

一是颁奖时，会场乱，李辛思急速驱前请签：张国立、卢奇、梁音、吴若甫、赵军、韦强等。

二是散会时，会场大乱，李辛思以最快速度追赶已离座并快步离去的郑卫莉。她以最快最流畅的笔速签名。飞旋的笔迹，笔迹的飞旋，表明艺术家生活的节奏和命运的轨迹。

三是散会后，上电梯前，我将古月指给李辛思。他喜出望外。古和月两个字写得一胖一瘦，一宽一窄，一上一下。

有时我在想：笔迹在多大程度上反映一个人的社会地位和

自然性命?

古月走出人民大会堂便叨上烟卷，吸了起来。

他有毛主席的大度和伟岸。

辉煌的广东厅在我们身后。

参加这次庆典的年龄最小的影迷李辛思收获甚丰。

演员首先应是影迷。

我虽然不是演员，但从小就是影迷，李辛思秉承了我的习好。

他手中握着的签满名字的请柬，是影迷的象征，也是中国电影史上和硬笔书法史上具有艺术品位的典藏文物。

塑封前，我建议李辛思签上名字，同时我也忍不住在李辛思名字下面写上“李果”。

瞬间而难忘的时刻和所有这些名字都被封存起来。

1999年8月26日18时

于北京市珠市口东大街西半壁9号寓所

散记三篇

“内府”

距今五百多年前的明宣德年间（1426—1435）诞生了釉里红青花龙凤呈祥浮雕白瓷双碗。

两碗撇口、宽腹、圈足，造型秀丽，端庄含蓄，甜白可人。碗高7.5厘米，口阔14厘米，足底直径为5.5厘米，底足高1厘米。碗口外面边沿一圈为四条相互垂直的山字型直线；圈足上沿一周为浮雕式的沸腾海水，海水由半弧形的条纹和排比式的浪头构成。在碗口边沿和圈足上沿之间是浮雕龙凤呈祥，龙右凤左，龙首凤喙之间是燃起四条高低大小不等的火苗的浑圆红日，日中似有半弧状的条带，条带中并列两个圆点，隐隐若现。龙体侧身，张牙舞爪，神态威猛，不可一世；凤亦侧身，俊逸安祥，温文尔雅，展翅相迎。许多浮雕流云围绕其间。

碗内温润如玉，凝脂匀称。可是，把碗举起来，冲着光线望去，却发现釉下青花龙凤相对而处，凤右龙左，它们同碗腹的浮雕造型基本相似，而非一体，是另外绘制的龙和凤，同浮雕龙凤各自独立，自成格局，错位重叠。碗内青花凤闭嘴，而碗腹浮雕凤则张喙，这是内外凤喙造型之区别。在龙凤上下四周飞翔着五朵火焰纹，舒展飘扬，生动自然，宝石般红色，史称“宝石红”。

两碗内宝石红火焰纹的形状和位置各异，均为手工绘制。在青花龙凤的尾部，赫然呈现双勾楷书竖文“内府”二字。从里向外望去，碗里的“内府”二字是反写的。字体颜色也是青花。从碗腹向碗内透视，“内府”二字，一碗在浮雕龙身上，一碗在浮雕凤身上。可见这是夫妻用器，可能是非同寻常夫妻所用。

两个白釉瓷碗碗底均有堆垒白瓷文字，一为两行竖文楷书“大明宣德年制”，一为篆书“官”字。前者稚拙随意，后者浑厚得体。

我国制瓷业发展到明代，已进入彩瓷为主的黄金时期，宣德位于明朝前半叶蒸蒸日上升时段。“明宣德时的白釉、蓝釉和鲜红釉并列为上品”，专家指出，“宣德时期，釉下青花与釉上红彩首次运用在同件器物上，创造了青花五彩这一新工艺。”白釉、蓝釉、红釉居于同一器物，实属罕见。

典籍指出宣德白釉器釉面有密集的橘皮小棕眼，为历代白釉所未有，这对白釉瓷碗里外表面确有一些橘皮小棕眼，眼里为黑色，深浅不一，大小不等，分布无序。

“有明一代，至精至美之瓷，莫不出于景德镇。”上述可知，饰有龙凤图案的瓷碗是景德镇特设窑烧制的御用器皿，非同一般，仿制也难。

2001年11月4日

“三中”

一、中锋

中是中间、中央、中心，锋是笔毫、笔芯、笔端，中锋即锋中，笔锋居中。

毛笔无锋或锋短无法使转，锋散亦无法草书，聚锋出艺。

书法如何聚锋？聚锋艺术若何？

中锋运笔是聚峰，笔锋在纸上四面圆足。

使转时扭动笔杆或顺逆转动笔杆，也是聚锋。

古人以墨裹锋，笔锋在砚上抹来蘸去，势在取墨，又何尝不是在聚锋？

笔正（笔芯在笔画中间，运笔时产生的侧锋、偏锋自然拱维中锋）、提笔（锋聚、调锋）无不聚锋。

笔斜、按笔，反其道行之，亦可能达到调锋、聚锋的效果，可能取得中锋运笔的成效。

将正斜两者绞合在一起，未尝不可。

中锋出势，亦见笔力。

书法之法在锋，在聚锋，在克服毫散劈叉，保持锋芒凌厉。

书之过程即是出锋、调锋以及收锋即聚锋。运笔或笔运的全过程都要设法聚锋而不能散锋。书法艺术可以说是聚锋的运作。试问运笔若何？蛇行也。运笔调锋应无一直行而是曲折挺进，似屋漏痕。中锋运笔不等于直行，恰恰相反，中锋必须曲折运行，运行中有轻有重，有急有缓。急行并非真的迅速动作，而是线条显现出疾驰的效果。缓行笔锋照样可以出现迅急的线条，出现迅急的造型。草书最能标志书法的迅急、飞驰、闪电般的笔势。从线条造型上看出笔速锋势，是书法精妙之所在。此可谓时在书法，书法有时。

只要有锋，均可称为中（zhong去声）锋。以此观之，欣赏书法不啻欣赏笔锋，欣赏笔锋如何聚而不散，凝聚一尊，团结克艰，所向无前；线条是笔锋走向的具象，是笔意蕴藏的抽象。

线条最佳状态应似黄河，俯瞰远眺，九曲十八弯，粗细逐渐，天然无饰；亦似闪电，摇曳多姿，锐利无比；似精子游动，自由甩摆，灵活多变，不拘束，不做作。

二、中轴

直书由上而下，笔画与笔画、字与字当左右出岫，拓展延伸，里出外进地对称、均齐、呼应、映衬、控制，以取平衡之势，以示中轴线之具象。左右或左中右结体的汉字尤其如此。

“拓展延伸”是中轴线的特异功能。扩展空间的依据是中轴线。凭依中轴线可向四面八方延伸某一部分或某几部分而不是全部。扩展线条的空间，显示线条的空间感，使其最大化，到达极致，离不开中轴线，离开了无以言扩展或延伸。

湖南罗成琰认为王宏《三米格草习字帖》，将王羲之到于右任的草书标志性作品，以行为单位，在中轴线左右倒来倒去变化，这一研究有原创性。

杨远征认为王宏解决了草书轴心线问题，不管线条怎么摆动，始终离不开中轴线。

中轴线的实质是字的正斜及字与字的对应关系，在线条及其结构上表达书家性情（胡立伟）。

所谓中轴即中介，将草书的行一分为三：左中右。

有中心必然有中轴线或四围，四围可看作中心的左右，亦可视为中轴线的左右前后的对称。

中轴线及其左右的笔画、字体序列开合、延续有致，线条因其粗细浓淡虚实曲直而由低潮到高潮，反复如是，逐步拱维、强化，高潮迭起，异彩纷呈，从行势到行与行之间以及草书整体观之，组合出节奏、韵律，划分出黑白空间关系，必然呈现宏伟、庄重、多变的态势，产生震撼心灵的艺术效果。

中轴线的艺术价值在于它的垂直性，可视为竖直笔画延展、放大、变种。

中轴线起始和结尾似应有某种屏障，类似于古都北京中轴线上的永定和安定二门，讲究布局上的“风水”，善始善终。

书法布局上的始终屏障，仁智自作亦自见。

三、中和

“中和”是中国传统哲学思想，追求平衡之美，呈现蓬勃繁荣景象。

“中和”也是“中庸”。“叩其两端执其中”，取中兼顾两端，科学处理整体与局部以及局部与局部的关系。草书造型、布局、气势、章法宜秉承“中和”即“中庸”思想。

中庸是平衡、稳定的哲学，是把握、控制全局以至未来走向的美学，是草书运笔、结字、篇章的法学。

中庸说到底是中锋和中轴。中轴是行字“笔锋”之中锋，而笔锋之“中锋”即其最尖锐的部分。用笔锋最尖锐之处在中轴线上驰骋，岂不是中庸、中和景象之大观?

把握中锋、中轴、中和等“三中”，并融会贯通，把握心画的激情态势、线条的时空感，中锋蛇行（不排除侧锋，时而中侧兼行），把握哲学、美学和文学这“三学”的底蕴，是我学习沈鹏先生书学理论和观看他创作草书作品以及偶尔试着写写草书的一点心得和感悟。

2012年3月14日草拟

2013年3月25日补改

北京市东城区崇文门东大街北花市北口寓所

明清残瓷款记初识

2002年五六月间，我骑车上班路过北京站口北侧南小街，看见那里正在拆迁，平整土地，扩宽道路，施工工地积土如山，工人从挖下四五米的土层里取出明清之际的残瓷，以廉价出售给我几百块。

经过洗涮整理，选择出七十多个有特色的款识。其中四个大明宣德碗底，三个成化残片，十二个大清康熙至光绪年间的碗底或残片，多为民窑，行书，书写随意。

明清之际，指明末崇祯到清乾隆初年，即公元1628年至1736年，一百一十年左右。

2002年6月19日《中国文物报》发表黄清华文章：明清之际方形款记未见仿制。我有同感。检视手头的瓷片，这一期间方形款记大略有四个特点：

1. 多为青花双框，单框不是没有，个别的无框。无框者图案似花如草，亦像翻飞游动的小蜜蜂、小蝴蝶，自由自在，基本由上下左右四个线型构成。

2. 青花双框线条长短、粗细、曲直、距离不尽相同，线框不规范可能与民窑烧制有关，也为辨识带来困难。颠来倒去琢磨，以竖线为标记，参以直线，以直文竖行为角度，便于赏识。

3. 最简单的方形款记，像文字“曰”，四画；最复杂的近五十画，取圆、曲、直、方等线条造型。它们是简易造型的延伸或扩充。

4. 方形款记内可划分为二、三、四个部分这样三种结构。

我拣出来的七十多个方形款记没有重复的，应是那时的藏品。它们反映了一个世纪的民窑瓷器款记的真实面貌，成为中国陶瓷艺术一个片断的珍贵标本。

可是，这些方形款记表示什么意思呢？如何识读呢？

根据方形款记内部组成样式，我将它们分成三类，各自特点浮出水面。

一类是竖线林立，似栅栏，更像几何形状。一脉相承，代有变异。共有十二个。

另一类有“山”或“市”形，似篆书，更像文字，亦如前类，一脉相承，代有变异。共有二十一个。

第三类有图案性质，是图示或抽象图示的简化。有的似水流或水流漩涡；有的像叶子；有的像草丛或溪流；有的像桥梁；有的像太阳升起，光芒万丈。把它们综合起来审识，意味或蕴含“阳光下，水流中，绿叶里”，到处生机勃勃，欣欣向荣，天地沐浴在春晖里。这类方形款记有十八个。

这些类别款记意味什么？

图案一类，同碗、碟、瓶、罐内外上下造型、图饰可能相得益彰、浑然一体，一定程度上反映当时生产、生活、生存所处的自然或人文环境的真实状况，不仅仅是美好的艺术想象、单纯的审美追求。从图绘角度看，明清之际这类方形款记图案，应是立体主义构成艺术，是图画中立体主义画派的代表作，应将其纳入中国美术史中。中国美术史不应忽视这些独一无二的方形款记。它们是绘画，是“线”的构成，是国画“线”型中的奇葩。把其中款记图案放大，作为现代艺术品张挂出来，无愧于时尚、新潮。我试绘一幅，即见立体绘事之趣貌，更加认定：立体主义构成艺术始自中国。

美术界认为，“立体主义”一词源自二十世纪初叶的法国，立体主义绘画是美术现象之一，从1907年至1909年勃拉克和毕加索几何式风景、人物画中概括出来。中外美术史称之为立体主义承袭十九世纪末西方绘画传统，突出平面色块，不局限于同一时空视点的多种形态组合构成的抽象几何画面。有意思的是，立体主义画作在法国前后十五年，可谓一个时代；而明清之际方形款记则运行百年，一个世纪，以二十年为一个时代，应为五六个时代。方形款记图案立体主义绘事比法国立体主义绘画早出现整整两个世纪。以它们为标识的中国瓷器，广泛地行销并实用在世界各地。这些立体主义绘事不能不进入西方之眼目，不能不触动他们的心灵和艺术灵感。这应不是主观想象和无稽之谈的凭空臆断。

无论是东方还是西方的立体主义绘画，诞生以来没有泯灭，总是在此起彼伏地成长、演变着。中国陶瓷上人、鱼、人面鱼、漩涡纹等图案，可说是明清之际方形款记立体主义图绘的始祖和源泉。而现代立体主义绘画则是古代立体主义绘画的延续和发展。

一切都是有根源的。

溯本求源是为了开拓和探索，而不是争名夺利排座次。

关注并研究明清之际瓷器方形款记图案，让我们珍视那个历史阶段的贡献，环顾地下地上、海内海外、过往和现时、已知和未知，从中获取更多的教益和启迪。

2002年10月

湘西雨雾

在著名的自然和人文风景旅游区武陵源与凤凰城之间，有座城市叫吉首。

吉首遥望着南北的凤凰城和武陵源。

吉首反过来读就是首吉。

首吉同首善、首领和首都等名称，都是美好的词语，并有与之相符的丰富内涵。

从凤凰城到武陵源的湘西之游中，首先并始终震撼我的是吉首西边的一号观景台和德夯苗寨居住区的风光。

从景色宜人这个角度看，吉首山区不亚于凤凰城和武陵源，湘西风光一处更比一处美妙。

4 月下旬是湘西雨季，一路上我们在雨雾中穿行，有时雨止雾起，有时雨雾交加。湘西没有大雨，小雨淅淅沥沥；雾越往高处越大，有时雾海把一切都笼罩住，人们仿佛置身于仙境之中。雾遮望眼，身在雾中，你就休想穿透雾的谜团；雾的神奇之处是装饰山水，正是有了雾，山水容颜才变幻不定，引人入胜。雨就更奇了，它把一切绿色植物擦亮，闪出耀眼的光芒，给人以清新愉悦之感。雨水造就了山间飞瀑，如练般地垂挂在岩壁上；造就了溪流，绕膝般地围着山麓流转；当然，雨水也把游人的衣裤打湿，尤其是鞋袜，几无干处。沿途购物中心、足浴服务公司等处，均不屑于鞋、鞋垫和袜子的出售，这在很大程度上不便于游人清洗足部。途中有一家免费足浴服务公司以足浴为由头兜售洗浴药物，带有营利之嫌疑。我因鞋湿脚脏，不便洗浴，就在其附近徜徉，觅得一家小卖部，把湿透的鞋垫和袜子脱下来，换上干爽的鞋垫和袜子，解除了冷凉不适。我感到，湘西旅游风景区应多设足浴服务点，在各个景点区亦应设有出售旅游鞋、袜子和鞋垫的商店。最好提供一条龙服务，设立鞋、鞋垫、袜子、雨伞、雨衣、雨裤、雨手套的超市，足浴和按摩服务中心，连成一片，形成系统。硬件设施同配套服务协调起来，把需要和可能的服务观念作为旅游公司的工作指导思想，也就是说，凡是旅游观光中出现的普遍性问题，都应在解决的范围之内，使游客更舒适和愉快，不至于狼狈不堪和怨声载道。

我们排成一字形，各自撑着伞，越过公路，迈进水田交织的一条石板路，迤逦行进。湘西雨水多，房子和街路以及河溪中的踩石桥多是石料砌筑成的。坚硬的厚实的宽大的石板或石头铺就了湘西的地面。行走在石板路上，我感到踏实和久远。石头坚硬，经得起游人纷至沓来的脚步；石头耐磨，经得起岁月和风雨的侵袭。石板路上不存水，不泥泞，行走方便。有意思的是，湘西的山石为层岩，平平整整，平得像切削过似的，齐得有棱有角。我边走在上面边体会它的魅力和韵味。回首望之，印象深刻；经历之后，再看图像，又魂牵梦绕般地萦怀。在山间或路边，我注意观察平整的石块，企图发现我喜欢的，中凹像砚台一样，以便捡拾。经过田埂时，田埂的矮堤上散布着碎石，有一片抹着泥水，平平的，薄薄的，掌心大，易携带，我用餐巾纸包裹上，欲带回家中留念。片石代表湘西的山山岭岭，也蕴藏着这一方水土已逝的年年月月。

在德夯苗寨，除了一家一户的错落有致格局开阔的民居引起我的兴趣之外，除了这里每天每时每刻都在进行或准备进行的牛耕田、机织布、竹编篓之外，我对民居之间蜿蜒曲折上下起伏湿漉漉光亮亮的石板路更感兴趣。我把镜头对准了石板路。民居间的石板路同北京城里四合院群落中的胡同，区别在于一个在平地上，一个在斜坡上。斜坡上的石板路每一级的宽长都是一样的，只是一级由两块石头拼成，另一级是一块石头组成，像砌墙一样，一级有中缝，另一级无中缝，它们有序地紧挨着铺就了民居间的通道，勾连着各家各户。让我诧异的是，硬硬的石头竟能铺出来弯转摇曳的曲折之路。局部之硬可以变幻出整体的软，整体的软可以由局部的硬组成。我从石路的上面往下行走，同事由下往上拍照，阶级分明，层次多变，可是我在走下坡路，意境不好；旋即，我改成在石板路转弯处站立，偶一回头，样子在向上行走，同时有回顾之意。后个留影弥补前个不足。如果从上面往下拍照，石板路就失去了风韵。望下去，简直是混沌一条，没有分明的阶级和变化的层次。从山下向上望细细的瀑水，瀑水蜿蜒曲折，台阶分明，像古代的山水画里的瀑水似的；对着奔流的瀑水，我从下面拍摄，又从左右两个侧面拍摄，把瀑水经过石级的形象拍下来，以作国画的资料，以同人们从石级上下行的情形做对比、辨区别；至于雨雾中的山间石级之路，时隐时现，就像雾绕山峰一样，有的峰顶被遮住，有的峰腰被绕住，有的右峰或左峰被挡住，各显其局部，变化不一。无论从局部看，还是从整体看，都不雷同。找出共性和个异，是旅游和观察的趣味所在。

旅游观察，是增加见识、学习知识、开悟启迪的捷径。

当我们沿着滑滑窄窄弯弯的石板路走到对面边缘，突然眼前豁然开朗，风光奇异：石板路陡然顺势落差，导引你下行一二十米，然后拐向更低处，把你引向百米开外的一处略高于石板路的平台上。

平台方圆几十米，包围于高山峡谷之中。

这就是著名的一号观景台，简称一号平台。

站在一号平台上，环视众山，众山围绕过来，争相护拥，你有孤傲之感。

平台除了连着的石板路，周边都是万丈深渊的峡谷，不能久视。

抬望眼，数里之外的远方，是耸立云霄的竹笋般尖锐的山峰，在平台与山峰以及山峰之间，缠绵着流动着纯白色的雾，雾气似散还聚，周围的一切都不能完整地呈现出来。只有一条细细的柔柔的飞瀑自上而下地飞驰着，昭示着山水的高度和动态。

据说以前，土匪首领站在平台上发号施令，远近山峰坡岭的土匪为之欢呼。土匪有职业的，也有业余的。可以想象出天下青山白瀑间那生龙活虎的场面。我即刻得出四句：

飞瀑如练细且柔，
一号平台举魁首。
迷雾乍散忽又聚，
人间情怀更风流。

（“更”字亦可改为“是”字）

大自然是风流的，云雾作证，雨水亦能作证，而人间也是风流的，人文作证，子孙后代亦能作证。比较起来，人世间比大自然更为风流。

我相中了一号平台。相中了它的周围环境，相中了这里的雾气以及雾气描绘的景象。假如在平台上建筑一座别墅，生活在这里，那么，不是神仙胜似神仙。

当我们进入德夯苗寨，一路上望见的山峰和云雾，又把我们带进了另一个仙境。这里的山峰造型像竹笋，更像凤凰展翅，座座青山都像动植物，是放大了的动植物，如同湘西各地的山峰，实际上是石树。山峰由层岩堆垒而成，其高耸入云的形象如同树干，而山峰上下左右的繁茂树木则是石树的枝枝叶叶，它们整个儿构成了一棵棵大树。我们面前的石树高得似乎要倾倒过来，仰视之，面对之，不敢久长，越是仰视之越产生畏惧感，仿佛石树步步倾斜过来，眼瞅着就会接近你，而那气势是躲不得、藏不得的。在石树紧迫的包围中，人们仿佛是棵棵小草，或忙来忙去的蚂蚁，渺小极了。

我在想，湘西地区的山形状像动植物，凤凰城得名是否与此有关呢？参观完沈从文故居，我在故居路旁的书摊上购得黄永玉和卓雅插图的《边城》。在我记忆里，好像未曾读过沈从文的《边城》，即使读过，印象也全无了。在宾馆里早起晚睡时翻阅它，不但有亲切感，而且觉得书里的故事离我们并不久远，似乎发生在昨天，抑或就发生在身边。

凤凰城里“有一条河街，人家房子多一半着陆，一半在水，因为余地有限，那些房子莫不设有吊脚楼”。（《边城》）

吊脚楼群和沱江泛舟让我们大开眼界，大饱眼福。称之为楼，实在是雅呼。在高高的砖石墙上有一层房屋，房屋一侧设半爿黔瓦，瓦脊上又设一层或两层房屋，房屋顶上则是“人”字形脊瓦，这就是所谓“楼”。至于吊脚，简直是拟人比喻。几根木杆顶着伸到水上面的楼板，木杆下头坐落在石柱上，入水的木杆部分涂着防水漆。吊脚楼显然是有文学修养的人起的名字，人们便叫开了。原本是平凡的，经人文加工，便不同寻常。我们乘舟游览沱江和江畔上的吊脚楼，浸润在湘西古城的氛围里，岁月的凝滞和宁馨的气息让我们深深地迷醉其间，在欢乐中流连忘返。我把手伸进沱江灰白色的流水里，感到微凉，掬起一捧江水，在指间渗漏，滴滴入流，我注视水的纯洁和温柔，一时回到童年时代嬉戏的穆棱河畔，不觉释然和木然。沱江、穆棱河、西湖……那里是不是因水才有了灵气和生机呢？我复又看到水里的长长的漂浮的草蔟在弯弓着躯体，未见河中游鱼，也未见河水像《边城》中所写的“清澈透明”，当然，在河边也未见翠翠和她相依为命终日撑船的爷爷。沱江的“沱”字，是蛇的意思，形容江水像蛇行一样蜿蜒。导游说当地人管蛇叫沱，故名。我查《辞海》，无此说。辞书说“沱”乃江水之支流，沱江是支流，也是江水。从吊脚楼取名联系到沱江的取名，我倒更信导游一说。文人起名都有文气。中国的地名，包括北京城里千百个胡同的名字，多出自文人之口或老百姓约定俗成。即便是约定俗成的名字，没有文人的认可和首肯，怕也难以流行。写到这里，我再次感到凤凰城一名应源于它附近的山形，是有根有据的。

沈从文故居门前有口大缸，缸高一米，粗细需三人合围，缸里装满雨水，雨水清澈平静。缸略有点歪斜，一边水已到缸沿，一边水离缸沿寸许。我双手抚摸水低的缸沿，望着水高的一侧沉思。那样子好像在说：水满则溢。又好像我在推动大缸，使缸倾侧，并使缸里的水外溢；还好像我在思索水之源，缸之初……事后打量这幅照片，我想不起来当时在思忖什么，或许把这一缸水同沈从文故居旁边的沱江联系起来，又把沱江同湘江、长江联系起来……

2003年4月20日，我是这样记录对沈从文故居的印象："凤凰城不是太古老，给我的印象不如想的那样古朴。我们先参观沈从文故居。他的故居在当地当时应是最好的建筑，可是现在看来已破旧不堪了。木质的房屋，陈旧的物品，只有柜里柜外的书籍是整齐崭新的，参观过程中我就有人去屋颓之感。"

我仔细去看挂在墙上的照片和毛笔书写的信函，它们都已不甚清晰，再看空空如也的书架和光光秃秃的床板，均已陈旧，关节处散出缝隙，不堪入目。人们总是鱼贯似的进进出出，很少有人倾身在那里盯着看，更无人在研究观察。络绎不绝的游人仿佛在寻找什么，仿佛在收获什么。我略微惆怅和失意地走出沈家，站在对面街上望着故居整个门脸和房屋所在的位置，看上去气宇轩昂，头角峥嵘，的确不俗，可一同左邻右舍对比，竟也一般化。慕名而来的人各有所得。我在看了故居、读了《边城》、游了沱江之后，认为沈从文的故乡是边城，也是内地；是古城，也是交通要冲；是石城，也是水城。假如沈从文不走出湘西凤凰，不到中国伟大的城市北京，那么他是否能在二十世纪初成为著名作家呢？假如鲁迅不走出浙江绍兴，不到北京、上海、广州等地生活，那么他是否能成为中国优秀作家呢？桑梓情怀，四海之志，这两个条件都具备了，是否才会成为优秀作家？我觉得，作家的视野不能局限在家乡，至少要跳出家乡，站在他乡来看故乡，站在一个恰当的客观的角度来看世界来看事物。外面的人来了，来到沈从文的故乡，他们所持的观点应是从容和客观的。外面的人同沈从文的观点相同起来，便产生共鸣，引起反响。沈从文把外面的人源源不断地引进来，其中有我，我看了沈从文故居后却有了一丝一缕的悲凉和忧虑：沈从文故居就这样衰败下去吗？凤凰城依旧生机勃勃，可沈从文故居却在不知不觉中老化。在我印象中，在我来凤凰城之前，我以为沈从文故居修缮得令人肃然起敬，而关于沈从文的简介又完整又系统又简洁，图文并茂，且有实物。当我从参观完的悲怆的心境中挣脱出来时，更感到凤凰城对沈从文故居似乎重视不足，而忙忙碌碌、埋头站在故居门口收费的人则突然给我以坐吃山空、不管不顾他身后故居死活的感觉。一代文学大家，竟然在支离破碎中影响着游人，历史的真实面貌已不复存在，真正的故居早已故去。

沈从文故居北面有个奇梁洞，参观故居前我们一行钻了山洞，我不大愿意进洞，心理上有压抑之感。可是奇梁洞的奇特诡谲引诱我向前。在幽暗空旷的奇梁洞里，大家听导游说东道西时，我留下惊诧的一闪。

洞口岩石为片状，犹如千层饼，洞中顶梁处却是球状岩石。与洞脊平行走向的是一溪流水，哗哗作响，流水的响声渐深渐弱，到了洞里深处，已无水声，水面如镜，把岩石完全倒映在里头，静静的，无一丝涟漪，仿佛一点儿水也没有，全是岩石。水面在洞里成了魔镜，稍不注意，忘记它，忘记深水，就会有灭顶之灾。沿着溪水逆行，向洞外走去，走得越急，水声越响，走得稍缓，水声稍弱，水声大小同人行走的急缓和心情成正比。奇梁洞奇在洞梁高旷不整上，又奇在一处岩壁上有个小眼儿，眼儿四周呈深色，眼儿如眼球大小，眼儿同人嘴高低，据说谁能吹响它，谁就有资格当上苗寨之王。有个少女趁着游人走散，鼓足勇气，贴紧眼儿，一气呵成，吹得地动山摇，响声震撼洞穴。我怀疑那眼儿通向洞外或对面的什么地方。一个地方有一个地方的奇处。各个不同。洞与洞也不同。湘西山大洞也大。

到了张家界武陵源风景名胜区，我们首先不是登山涉水而是钻山洞，进黄龙洞里探幽。

我在4月22日日记里这样写：

> “黄龙洞”三个字是沈鹏先生的墨迹，我感到格外亲切，入洞前磨磨蹭蹭地往后窜，找机会想留影，被同行阻止，叫我出洞后再拍照。
>
> 我是第一个从洞里奔出来的，全身是汗，一是急的，二是累的，三是憋的。所谓亚洲第一大洞里没有通风口，没有走向标志。亏得处处有灯，不然会迷路，令人毛骨悚然。
>
> 洞里可看的景致不多，里面不过是一座空山，山下有水而已，我们在水上行舟，那水叫阴河，并没有特别之处，观之也没有特别的感觉，只是让人担心头上的岩石随时塌陷下来。天然的洞顶凹凸不平。不过，从扶手和阶梯上可以看出来，整个黄龙洞的管理是有序的。

按规矩，游洞全过程需用一个半小时，我仅用一个小时，出洞就见导游小姐在对面盯着洞口瞅，看谁第一个出来。她奇怪我何以如此迅速冲出来，而我又是因吵吵要拍“黄龙洞”三个字，延误入洞时间，最后一个入洞的！

入洞之后，我无心观察和滞留，更不愿意拍照留影。我和另外几个同事没有赶上团队的第一艘游船，不得不坐在第二只船上，眼看着同事们消失在幽暗的前方，心里有些发急。当船靠岸时，我跳上去，不停步地追赶他们。幽深的洞穴里，灯光散落在各处，水泥台阶上不甚明亮，行走时不能观景，观景时不能行走。在一处所谓像什么像什么的景点处，我看见几个同事在拍照，以为他们离我最近，而团体中的大多数人离我尚远，我便加快脚步，顺着铺就的水泥台阶，快速赶路。不料，走了几十米开外，前面没有人，我以为前面的人走得更远了，便更加速追赶。我只看路不看景。忽儿上坡，忽儿下坡，忽儿左拐，忽儿右拐。当我孤身一人在幽暗阴森的洞穴里步履匆匆时，耳畔响着滴滴答答的落水声，油然而生恐惧和惊吓之感。一个人独自在世界上生存是不可想象的。前无去者，后无来者，洞穴里我一个人，嗒然疾走，浑身涌汗，后悔不该离群独行。水泥阶路齐整，有的路边因临水临渊而设置扶手，唯一安慰和鼓励我前进的，就是这有序的平坦的阶路。接近黄龙洞出口时，我才发现一些人群。走出洞口，像是走出地狱。与其说我逛了黄龙洞，不如说我在洞里疾走一小时。

我边平静下来，边欣赏沈老的书法，“黄龙洞”每一划都是不同的，一笔一画对比着变化着。

喘息过后，我到洞旁的小卖店里逛了逛，相中一对仿清的温酒瓷壶和一对可能也是仿元末年的瓷瓶，共计一百元。买后有点不安和后悔，毕竟价高，有点贵了。旅游不是不可以购物，买点货真价实的土特产或自己真心喜欢的工艺品，也是可以的。每个地方的土特产都值得珍重。假如把全国各地的土特产集中到首都，建立连锁店，在各旅游景点和各省会城市设立专卖店或超市，肯定会方便游人，对于搞活各地经济也会有促进作用。

同行的一个小姑娘买件小背篼，是工艺品，用西瓜子穿线编织而成，背在身上特酷。瓜子经油漆处理过，呈琥珀色，每个籽粒都是从头到尾用丝绳串连着，长长的背带则是瓜子肚儿贴着瓜子肚儿，从瓜子肚中穿过的。穿过的瓜子都带出来一点儿里面的油脂，个别的瓜子已断裂，但是总的看，小背篼特漂亮，折叠自如，样式新颖，价值才十二元，简直是白给。

我摆弄欣赏着，居然生出启迪：废弃物可以变成艺术品、工艺品、实用品，就看你有没有这方面的头脑，至于非废弃物，则可以造就成更为精美的物品。

旅游购物不是坏事，不应抱有成见，关键在于眼力，在于发现，从微小的区别中找出闪光的天地。一处又一处旅游摊点，一个又一个小卖店，里面的东西似乎雷同，其实有区别，区别是客观存在的。

旅游时紧跟导游，购物时则要跟紧有头脑和眼力的游客，人跟对了就会有意外的发现。最好自己成为有头脑有眼力的人，成为旅游者跟随的人。

坐在汽车里或饭桌前，找准左邻右舍也很重要，好的邻居给你以意外的惊喜和帮助以及教益。比如我吃饭时，左右不靠抽烟和喝酒的，免去不少麻烦。

在以后的旅程中，我跟随那个小姑娘购物，真的发现一件编织的衣衫，款式精美，价格便宜，我一下子买了两件，买后还自鸣得意。

有趣的是，在张家界一家土特产商店里，我发现一种袋装的水果，叫三叶食品。袋子是透明的薄膜，里面装着圆形的黄色肉质水果，后来品尝了才知道是小金橘。在水果袋的正中，贴着椭圆形商标，上书三个字“小李果”。我像发现了另一个自己，自己的克隆，欣喜异常，立刻决定要买它，并且多买几袋，送给友人，以表达自己的心意。

店里的服务员很奇怪我为什么买五袋“小李果”，我便把袋上的“小”字捂住，让她看，然后掏出我的居民身份证，指着姓名，也让她看。她的双眼顿时亮了起来，意外地喜悦地笑了起来。多少年来，她遇到天南地北的游客，从没有这么巧，“大李果”来买“小李果”！她看着我瞅着“小李果”，一直在乐。她可能在想，世间竟然有这么绝的事儿，真是不可思议。那天，在苗寨喝过拦门酒后，端上来一盘又一盘李子，那个买瓜子背篼的小姑娘有所发现地说：“我在吃李果，这是李果。”我听了不觉奇怪，名字有时也能产生乐趣。她在如实述说，没有添加水分。这说明她聪慧，总是在动脑子。

武陵源是张家界的一个风景名胜区。我们依次游览了黄龙洞、宝峰湖、天子山、黄石寨、金鞭溪等处，因为雾气太浓，上下行天子山索道都好像在空中乘坐飞机，除了雾就是雾，什么也看不见；到了天子山和黄石寨顶上，也是什么都看不见，等于白白乘坐索道，一无所获。旅游季节里，雾大不行，没有雾也不行。雾是左右风景的重要因素。最好趁雾小时上山、拍照、观景，但这种机遇实难把握。旅游者往往身不由己，赶上什么雾就是什么雾，没有选择雾的权力。如果时间和条件允许，就应视雾的大小而决定何时上山，何处观景。比如雾大时，可以涉水或钻洞，躲开不利的一面。巧安排，随机应变，最是导游用心下功夫之处。

在金鞭溪的途中，我有些疲惫，心燥，厌烦，即便如此，我仍然努力去观赏湍急的溪水，清澈宜人的金鞭溪一路奔流着一路欢歌着：没有水，生命将不复存在；节水是永恒的主题，也是文明的标志。在一处山形奇异处，以繁茂的绿树为背景，我请专业摄影师为我留影，留下这绿意浓浓的世界，留下这到处繁荣的景象，留下这二十一世纪张家界的一角。

大家缘溪而行，我边走边想，两个多小时金鞭溪旅程结束时进行足浴该多好，可惜金鞭溪南北两个端点都没有这样的场所。我的鞋湿透了，脚也磨痛了。迎面看见两位老人悠闲地散步似的在金鞭溪上边走边谈，顿生敬意，心绪一下子松弛下来，在惊讶和羡慕之余，忘记了劳顿，也忘记了自己在世界自然遗产和国家森林公园里。

回到宝峰湖宾馆，我把鞋垫和袜子洗了，晾晒皮鞋，第二天早晨用一次性拖鞋当鞋垫，并把塑料薄膜套在代用鞋垫上和脚上，以防潮防湿。顶替和代用，在特殊环境里是必不可少的措施。比如头发不听话，又找不到固发剂，我便用洗发剂梳理头发。就地取材，以适应环境，更好地生存。卫生间里的浴帽也可以当鞋套或脚套，起到防水防潮防湿的作用。出门在外，多有不便，动脑筋，想办法，以积极的姿态克服困难，可以自得其乐。

我们住在宝峰湖宾馆，为的是便于游览宝峰湖。宝峰湖是高峡平湖，它在百米多高的群峰顶上，由雨水累积而成，没有污染，无色无味。我用手撩起来纯净得无一点儿沉淀和杂质的湖水，欣赏再三，然后把手中之水又放回湖里，整个湖水都感受到了我的体温和热情。导游说湖水深处在百米以上。群峰护水，水又养护群峰，水和峰相伴，形成良性循环。在水和峰的依存关系中，雨起了关键作用。雨在不同的环境里塑造出不同的形象。雨在风景区里主宰着那里一草一木的生息和命脉。什么奇妙的景区能离开雨水呢？没有雨就没有水，也没有雾，没有水雾怎么能有绿色植物，能有神秘莫测的风景？

记得在岳麓书院里，满眼是松柏和松柏浑身上下的苔藓，忽得四句：

若隐若现点点游，
青松青苔处处秀。
一画挥就仙迹“福”，
最喜书院藏书楼。

我被江南氤氲潮湿的气候所打动，深感水汽对环境的滋润和生养。可以想见，江南若是没有充沛的雨水，哪能以小桥流水人家著称呀！

松柏树上的苔藓像涂上去的，粗壮的树干犹如翡翠似的大柱子，遍布园林中，这在北方是没有的景象。前年我到成都，也发现了处处生息着苔藓，当时也得四句：

溯江而上欲争先，
崇山迷蒙难见天。
处处苔绿皆新秀，
墙上更比瓦上鲜。

苔藓是江南一大特色，也是一大标志。北方不是没有苔藓，只是较为稀少。比如在北京九爷府里的石板路缝中，我就见到它们在顽强地生长。那里阴凉潮湿，是它们适宜的生长环境。万物生长同环境不可分离，既要适应环境，适者生存，也要美化和装饰环境，同时尽力去改造环境，使之更适宜于自己生存。园林就是人类改造生存环境的试验园。岳麓书院里的苔藓或许与院龄同寿，可以追溯到久远，沉浸在雨雾中，看上去却清新细嫩，朝气蓬勃，充满了旺盛的生命。湘西之行，我对雨雾倍加爱慕和景仰。从凤凰城到武陵源，我们沐浴在雨雾中，沉浸在雨雾中，也陶醉在雨雾中。

临近返回长沙之前，在张家界一家宾馆里，同行的人民美术出版社领导决定我们一行数人退掉火车票改乘飞机返京。一是SARS流行，北京是疫区，从北京出来的人叫人警惕和怀疑，给周边的人带来烦恼；二是在外面待久了，难免不被传染，多一事不如少一事，计划没有变化快。

登机也是麻烦事。登机前必须填写健康申请表，说明在此以前到过何地、身体有无SARS症状。登机后，在机舱里，我们每人也需填写同样的一张申请表。

空姐戴口罩，戴手套。机舱里已消毒。上了飞机后，我一反常态，不敢乱动一下，也不敢多摸一处。

接过几份报纸，看后一一放进椅背处，不再触及。

“您喝什么饮料？”身旁的空姐征询意见。

我奇怪在这非常气氛中仍要进食，便贪婪地喝了一杯苹果汁、一杯番茄汁、一杯热咖啡。我用最快的动作把口罩取下来一端，一饮而尽，让杯中的液体同空气接触的时间最短，少一秒是一秒，然后迅速把口罩戴上。据说SARS是通过空气传播的。我多次乘坐飞机，每次都思虑安全，唯有这次把安全置之度外，而只小心翼翼地关心并防范SARS。

午夜时分，飞机提前降落在首都机场，我忘记了飞行安全，也忘记了SARS病毒，只想早点回家，同妻子团聚。

从张家界神奇的土地上起飞，在夜幕里航行，不过是打了一个盹、看了两份报纸、喝了三杯饮料，便又从空中回到地面。从南到北，从洞穴里到峰顶上，无论走到哪里、处在什么环境，都离不开水。应当写一篇大文章《水颂》，颂赞水的功能、威力和它对人类的贡献。至于水患，水给人类带来的灾难，也可写篇短文。

《水颂》从水滴写起，一滴水映照出太阳，映照出世界，映照出宇宙。

水在中国大地上创造出奔腾不息的长江和黄河，养育世世代代华夏子孙，是水使广阔的蓝天飘浮着白云，也是水使无垠的大地铺满了绿色。

饮料水、雨水、江水、河水、湖水、溪水……即使水的形态、成分、性质、颜色、体积千变万化，它或者侵害着我们，或者滋润着我们，我们甚至有时或常常无视它的存在，它也不离开我们，须臾不离，同我们在一起，无论我们在地下、地上还是天上，它都永远同我们在一起。

2003年4月27日20时北京

玉人价更高

唐中期诗人元稹（779—831）在传奇小说《莺莺传》中写了许多诗，其中有恋人幽会：

> 待月西厢下，迎风户半开；
> 拂墙花影动，疑是玉人来。

诗中的“玉人”是书中的主人公，出身名门、举止端庄的崔莺莺。“玉人”一词，在中国传统文化词典中，一般确指三个形象：

一是雕琢玉器的人，简称玉工或玉人。据考古挖掘和博物馆以及收藏家收藏的玉器表明，我国早在公元前8000年的新石器时代就有精美的玉器了，玉工应诞生在玉器之前，或玉工与玉器同时诞生。

二是玉雕的人像，简称玉人。玉工最先雕琢出来的玉器不是人像，而可能是象征马蹄形和“C”字形龙身的动物局部或整体。从工艺的难易程度上看，方形或圆环形的扁玉器，中有圆孔，圆孔小于周边的“璧”应是玉器的鼻祖。玉璧的典型意义在于镂空技艺的成熟。有了镂空技艺，就为雕琢玉人准备了条件。玉人像的出现历经漫长的岁月。首先浮出水面的是龙山文化晚期陕西神木县石峁出土的“玉人头”，玉人崭露头角后数千年，河南安阳殷墟妇好墓出土殷商时期（武丁时代，前1250年之后的几十年）的跪式玉人。又过了一千多年，到了战国时期，出现多件玉人，或侍立，或骑兽，或起舞，动感十足。玉人在中国玉器史上，有它演变过程和特点。渐进式，由上而下，先侧后正，从静到动。玉人成为完美的玉器始于战国。战国玉器的贡献是玉人成熟了。

三是容貌美丽，气质高雅的女人。这不仅包括崔莺莺那样的大家闺秀，而且也不排除平民百姓的蚕妇：“不信楼头杨柳月，玉人歌舞未曾归。”（谢枋得《蚕妇吟》）假如玉人携带玉人像来到我们面前，那将是一种怎样的情景啊？

中华人民共和国成立五十四周年前夕，9月26日，在细雨中拉开帷幕的第六届北京中国古玩艺术品博览会上，摩肩接踵的中外参观者争相目睹了台湾古玩商展销的众多玉器中战国时期一对白玉舞人。台湾古玩商首次结队来京参展，在台湾十方古文物、台北天和古玩、真藏古美术、宏宝堂、仁和堂、汉宫坊、集友文物公司、如意轩、观喜堂、玉馥堂、古琴阁等二十多家客商中，台湾方氏中华古玉展览馆尤为突出。它不仅同样占据中央大厅的展位，同样展出精品玉器，同样讲究玉器的摆放格局，而且所有二十八件玉器展品均锁在九个玻璃柜里，品相和档次以及价格在台湾同行中是最高的。整个博览会的始终，包括海外精品展区、文物商店展区、古玩市场展区、鬼市大观园、明清家具一条街、中国白玉精品展等六大展区和鼻烟壶专题展，以及鼻烟壶讲座、中国古玩市场论坛、“中国陶瓷在日本”专题演讲在内。占全部展品大多数的，琳琅满目、争奇斗艳的玉器包含各种材质、型制、工艺和品相，似乎所有的玉器，都在烘托那对玉舞人，都在聚焦那对玉舞人，都在关注那对玉舞人。

我在博览会上发现方氏中华古玉展览馆展出的战国玉舞人之后，多次在它面前观赏，并拍照，又在采访本上速写，乐在其中。

玉舞人，高9.8厘米，宽5.1厘米，厚0.3厘米，二人相对而舞。一右臂过首，一左臂过头，两者舞动的袖头呈三角形，尖锐相对。她们的臀部却相距甚远。全身为S型，舞袍拖地，一左衽，一右衽，腰扎宽带，浑身上下各有十二个云纹卷，表面阴纹深刻、精致。各自过首袖上蹲着一只硕鸟，相向而望。双耳垂肩的两个舞者脸颊丰腴，神情怡然。有人不无武断地说，人世间不可能再有这样一对玉舞人。她们的对称美和动态美，对于研究中国舞蹈史，特别是宫廷舞，具有不可多得的史料价值。

玉舞人完整无瑕，色泽已由乳白向淡黄转变，“旧气”飞魂，古色沉醉。从其器形、衣饰和纹饰上看，认定为战国时期玉人像，是可信的。这对玉舞人造型酷似战国“玉舞人纽印”何善（见《中国美术全集》），而服饰和纹饰则更是相似。她们都在翩翩起舞。

玉舞人的内涵具有人文价值。玉石向有温润、纯净、坚贞的品性，玉石文化同中国瓷器和丝绸文化都是中华传统文化的重要组成部分与标志之一。春秋时，不但王侯贵族以佩玉为身份和地位以及道德的标志，在政治活动中以赏赐玉器为重礼，而且连他们驭使的马匹也用赤玉装饰。“琼弁玉缨”是在马笼头和护颈的革带上饰以赤玉。“战国玉器以精美细致见长”（杨伯达语），同时具有组合和对称的时代特征。经过战国风烟洗礼的玉器应视同和氏璧一样价值连城，似比生命还宝贵。玉人像在玉器中极为少见，而玉舞人在玉人像器中更为罕见。战国时期的玉舞人可谓宝中之宝，在中国玉器史上占有举足轻重的显著位置。玉舞人抒发情感的欢快舞蹈动作给博览会上看到她们的每一个人都留下了难忘的印象。6月29日撤展之前，有两位拎着长摄像机的姑娘寻找战国玉舞人，她们闻讯而来，大饱眼福，如愿以偿，的确幸运。《毛诗序》曰：“情动于中而形于言，言之不足，故嗟叹之，嗟叹之不足，故永（咏）歌之，永（咏）歌之不足，不知手之舞之，足之蹈之也。”战国玉舞人不仅仅是咏歌之不足，她们的舞姿是艺术之美，是专业舞蹈领域里的长袖善舞：袖长以飘荡，袍长以起伏。是不是在战国以前人民大众就熟识“长袖善舞”这句成语，就已流行这句“鄙谚”？从“长袖善舞，多钱善贾”是生活中的一个教训、一个经验、一个规律着眼，从其出处是从战国时期法家学说集大成之作《韩非子》着眼，当如是之。可以推断“长袖善舞”成语出现在前，而战国玉舞人诞生于后，两者都是中华传统文化中弥足珍贵的，永垂不朽的。

“美玉可沽，善贾且待。”（清《增广贤文》）历朝历代的不同品相的玉器都应有价位，在古玩城、博览会上展销的玉器更不能回避价格这一敏感而又现实的永不衰老的必须面对的问题。怎样为玉器定价？在玉器真假莫辨或未能取得对其价值的共识之前，在面对常客和熟人时，价位确实难以启齿。况且文物古玩的价值本来就不容易界定。在2003年7月13日北京中国书店古籍春拍上，一页1244年（宋淳佑四年）蒙古刻《玄都宝藏·云芨七笺》以四万九千五百元成交，一页宋版相当于黄金十六两。战国玉人当胜过宋版书。“善贾且待”何人来敲定？

在潘家园地摊上或古玩城鬼市大观园中，往往见到买卖双方讨价还价，其情景多半是买者拦腰砍一刀，然后再往下压价，最后的成交价是起初卖者提出的价值的几分之一，或是十分之一也说不定。价值从高到低，会发生戏剧性的变化。这次在中央大厅文物商店展区的景德镇一家文物商店展位上，一个拳头大小的明宣德年间的残瓷碗，底足完好，碗边残去三分之二，整个内外纹饰都没有问题，要价二百元，不算多，货真价也实。我颠来倒去地看，喜欢上了，然后便狠狠地压价，最后以三十元成交。我觉得实惠，近几年，我已真假莫辨地收藏了几个宣德年间的残瓷，在不经意间还想收藏下去。

每次侃价过程，大略可归纳为以下几个步骤：一、不动声色，不打草惊蛇，装出随便看看、问问的样子，不露蛛丝马迹。二、挑肥拣瘦地说东道西地指出缺陷和不足，使出浑身解数来贬低其价值。一旦拥有，则又尽想其长处，并为之沾沾自喜。三、步步为营，咬住不放，针尖对麦芒，斤斤计较，以攻无不克之矛来对付铜墙铁壁之盾。四、一次不成功也不气馁，以百折不挠的精神，转来转去地多磨，或施以声东击西策略，耍点出其不意的小诡计，亦无不可。五、适可而止，推己及人，不要太过分，不要错过机遇，三下五除二，还价要考虑到对方是否能接受。说到底，还价还的是眼力，以胆识作基数。知识就是金钱，在古玩文物的讨价还价上体现得更明显。

一般说，古玩文物没有统一硬性规定的价格，它具有不确定性，在甲地高，到了乙地可能低，反之亦然；它也具有诡秘性，云里雾里，莫测高深；它还具有与时俱进的水涨船高的特性。其“垄断价格”以买卖双方协商、共识为准，绝不能也不是一方“垄断”、“专断”、“一口价”、“一言九鼎”……

《中华古玩》总编辑、中华全国工商业联合会北京古玩业商会会长、文物专家宋建文先生认为内地同台湾对文物价位的确定有些区别，台湾文物价位偏高是有缘由的。一是物品档次较高；二是定价相对稳定适中，很少水分，不加泡沫；三是摆放有品位；四是考虑国际行情，并非信口开河。市场交易中不正常因素较少，受人为因素影响也比较少。

我同台湾方氏中华古玉展览馆理事方君超先生探讨古玉价位时，除了宋建文先生列举的几点以外，还有六个因素影响并制约玉器价格：

（一）稀世珍品，材质、品相、工艺极佳，奇货可居，待价而沽。

（二）拥有者不愿意出手，收藏家又特别钟情的，开价自然高。

（三）难以估价的玉器，面向高层次收藏家的物品。

（四）要具体研究审视物品的材质、品相和琢工，综合揣度（此点与宋建文先生所说的“一”相似）。

（五）比较客观地理智地切磋各自理解的艺术鉴赏力，交流审美意识，在文化艺术层面上碰撞。不是不懂瞎侃价，也不是不懂瞎买的主。

（六）古玩文物难以定位，它受诸多因素限制，过去如此，现在如此，未来也会如此。

拍卖是文物价格定位的时尚形式。拍卖前先拟设底价，广而告之；拍卖时由拍卖师喊价，大家争先恐后地竞价，谁能坚持到底，谁就能攀升到最后价位。拍卖价的最终定价是买家在同一地点和同一时间里面对同一物品的拉力赛的终结，不是买卖两家单独议定的。

说起来，文物价格的定位十分有趣，值得广为收集，选萃出书。这里头的故事更有意思。花大价钱买假货物，花小钱儿买真东西，等等殊异，令人啼笑皆非，扼腕叹息。价格是文物价值的一个定位，也是衡量其品相的一个尺度。不论是要价、讨价，还是还价、定价，都是在一定群体一定阶层中进行的，有特定的针对性，大约可划分为工薪阶层、有钱人和介于二者之间的三个群体，也有其时代、社会和地域性。在文物交流活动中，价格的中介作用不容忽视。不同的文物有不同的价位，不同价位的文物有不同的购买群体。无论什么文物，什么价位，都有自己的需求群体，不存在天价物品无人问津，毛八分的东西争购不已的现象。

台湾古董商带来的一对战国玉舞人标价一百二十万元人民币，未被冷遇，欲购者大有人在。把流传至今的玉舞人同当年的和氏璧比较，岂不便宜多了!?

“玉人价更高”是对比其他玉器而言，玉舞人价更高是对比玉人而言。玉器价位是在对比中确定的，而其价值是在时间延续中增长的。现在看，玉人的艺术和审美价值始于战国，之后的历朝历代无出其右，台湾方氏一对玉舞人是令人赏心悦目的例证。

“北京奥运徽宝”——和田玉“中国印”实际是现代版的玉舞人，传承着中华民族“长袖善舞”的文化遗产和民族精神，辉耀着战国玉舞人的异彩，把中国玉文化同奥林匹克精神巧妙地融合在一起，把中国玉文化源远流长的艺术价值瞬间传遍世界每一个角落。

2003年10月7日21时

神奇的耳朵

1996年6月10日16时20分，德胜门外富瑞达大厦506室。

一位中年妇女将右手中的纸块，先触及额头，偏右的黑发掩饰了部分额面。接着，她把纸块放在右耳朵眼儿，手掌虚护着。

大家屏住呼吸，目光盯着她的表情。

室内空气窒息。

她双目前视，双唇略张，白牙微露，鼻孔扩张，处于兴奋状态。

时间一秒一秒地过去。

漫长的50秒钟过去了。

又一个50秒钟过去了。

第三个50秒钟也过去了。

时针向第四个50秒钟移动。

突然，她说："八个字。"

此言一出，我就知道，她猜到了。

夸张地说，她听出来了。而室内其他人却仍在闷葫芦里，他们既不知道几个字，又不知道是什么字。此时此刻，只有两个人知道纸条上写着什么。

准确地说，尚不能说这位妇女已知何字，但她确知字的个数，这已不简单，让我不能不惊诧、佩服。

刚才，十几分钟之前，友人管彦仲以异常兴奋的语气和声音给我打电话，“你马上来！”

他说，河南安阳县永和乡一对年轻夫妇正坐在身边，妻子会用耳朵听字。

“我不信。”

“哎，我们几个都试完了，就等你了，赶快来，马上来！”

耸人听闻的诱惑，言之凿凿的鼓动，去吧，看看到底怎么回事，搞什么名堂。

我撂下手中的稿件，骑上自行车，从北京七中校门出来，向富瑞达赶去。

这时我在《中国文房四宝》任主编，已出两期季刊，正编第三期，编辑部设在七中院内几间闲置的平房里，离富瑞达大厦两三站地，很近。

快接近富瑞达时，我想，耳朵识字现象即将出现在我面前，怎样去对待，怎样确信其是事实？

我边骑自行车边琢磨。

街路两侧的房屋、商店，我身前身后的行人和车辆，仿佛不复存在，周围一切似乎梦幻一般。我聚精会神地想着耳朵识字这件事。

汉字又称“汉书”，简称“字”为“书”。假如耳朵真能识字，我就如实报道出来，有何不可？

那么，用什么标题，以正视听，公之于世？

几个字浮上心头……

想到这里，我加快了骑行速度。

富瑞达大厦，位于德外中段路北；高大，但不雄伟；安静，却又神秘。

我匆匆走进506室，友人同这对夫妇正在聊天等我。

这位妇女，三十岁左右。中等身材，不胖不瘦，掩耳短发，圆睛，单眼皮，眉毛疏密正常，眼神里充溢着灵气，同普通农妇无甚区别。她的耳朵也没有什么特异之处，细细端详之，耳廓略比常人深刻些。

初次见面，给我的印象——安稳、平和、俭朴。

她会耳朵识字？有特异功能？

算我在内，偌大写字间里，一共七个人。其中有熟悉的，也有陌生的。

我径直走到这位妇女对面五米远的窗前，面对窗外明媚的阳光，背对她以及他人，用极小的动作，在宽宽的窗台上，窄窄的纸条中，整整齐齐地书写路上想好的汉字，然后，横向折叠指宽的纸条至寸许，硬笔字迹被严严实实层层包裹在里面，仔细看它，也不过是个小纸块儿。

转过身来，我径直走到靠墙端坐在沙发上的这位妇女面前，把纸块儿递给她。

她神态悠然，若无其事的样子。

她的情绪给我以意外和感染。大家都静静地目睹这一切。

我又转过身来，回到窗前，靠在那里，盯看腕上手表，16时20分，看她用多长时间听出字，再次当众完成特异功能奇迹。

“八个字。”

奇迹出现。

我抚掌大笑，用肯定的语气宣布：“她猜着了！”

真的，耳朵识字不虚，确有其事，我亲眼所见，亲手所试，难道不真实吗！？难道我在信口雌黄吗？难道有人怀疑我的一举一动及其人格吗？

我疾步走上去，从她手中接过小纸块儿，急迫地追问她：“什么字？”

室内除了这位妇女，没人不想知道答案。

秘密，何人知晓？

谜底，谁来揭示？

有意思的时刻，即将到来。

这位妇女站起来，向一下子围拢过来的人说：“看书识字，确有其事。”

我一怔。

一位友人从我手里夺去小纸块儿，连忙打开，看后对这位妇女说：

“你再想想，是哪八个字。”

我怕她口音有误，请她把那几个字写出来。她拍了一下脑袋，懊悔似的说：“呜，是‘听书识字，确有其事’。”

“对了。没错儿。”我马上予以肯定，并眼看她用签字笔写出这八个字。

大家共同欢乐，气氛顿时异常。

“你们写的是什么字？”

友人管彦仲把这位妇女已听识出来的小纸条拿给我看。

纸条大小差不多，管彦仲写的楷书“研究会”，卢俊福写的行书“北京”，娄德平写的行草“曌”，都没有我写的字数多。

接下来的时间，我决定正式采访她，友人对此饶有兴致，间或插话。

我是1995年7月10日同身板硬朗的八十岁父亲李文山以及侄子李正志一起来到北京，自那以后，耳闻目睹奇人奇事，除了耳朵可以识字外，让我触目惊心的，还有在确认耳朵识字的翌年发生的一件事。

长我数年的一位友人，从兜里掏出他精心保存的半旧的64开笔记本，翻开内页，让我看两个大拇指肚儿烫出的印痕。

我惊讶得呆住了。

从未见过十几页纸梯次烧毁下去，状如漏斗，上宽下窄。

友人告诉我：这是张宝胜左右手拇指压在笔记本纸上留下的痕迹。

友人当时在场，目击全过程，并将本子收藏起来。

不起眼的笔记本上，层层叠叠纸灰，乌黑乌黑的颜色深深地刻印在我心上。

我惊叹世间奇人奇事之奇，愈加意识到自己是凡夫俗子。

耳朵识字，手指冒火，空中取物，非亲历者不能信矣！

人间有奇迹，多乎哉？人的一生中，能得见几回？

采访这位妇女一个多小时，她有问必答。

“你耳朵听字时有什么感觉？”

“有时眼前出现屏幕，显示出字迹；有时产生声音，告诉我是什么字。”

“最多时，听过多少字？”

“三十多个。”

“外国文字听过吗？”

“听过，也听出来了。”

“密封在容器里的汉字听过吗？”

“没试过。”

她说，听的次数多了，头疼；也有听不出来的时候。通常右耳听得快些，左耳灌进过水，听起来慢些。给过不同阶层、年龄、级别和学问的人听过字。

1968 年出生的这位妇女，说起话来，眼睛发亮。听她说着传奇往事，我脑子里不禁闪回刚才她说出“八个字”时的震撼。

大千世界无奇不有，人类的探索永无止境。亲身验证了这神奇的耳朵，也对此种能力抱有敬畏之心，所以，我更希望科学能尽早解开这些未解之谜，还世人以真相。

从八王坟到北京站口

有一阵子，我每天早晚上下班要挤坐1、4、57路公交车，从八王坟到北京站口，或从北京站口到八王坟。

人在车里推来挤去，车在路上且走且停。

司机不得不突然刹车时，车里的乘客猛然更加受力，被闪得前仰后合，左歪右斜；刚刚站稳，车身居然迅速启动，车厢里的人又被闪一下。

这些年，不管什么时候，车厢里站立的人总比坐着的人多。

一路上，车厢从头到尾，黑压压的人群像田野里的麦浪，起伏晃动。

让人难受和难堪的，是上下车和车门关闭时刻。

尖叫声、哎哟声、叹息声、牢骚声、谩骂声、吵架声，不绝于耳；关门声和反复关门的命令声以及拥挤的喧嚷声，也是不绝于耳。

千方百计挤进车厢里的乘客，个子高的，先已够到把手，握在手里，稍息安立；个子矮的，夹在人群中，腹背受敌，鞋面以及裤脚会被踩碰，雨天则脏兮兮的，这倒无甚大碍，回家收拾一番就是了，最难耐的是，身子被旋转着，呼吸着混杂的空气。

早晨，各种饭菜味掺和着浓烈地袭来的令人窒息的气流——悄无声息释放出来，弥漫着，经久不散，直往你的肺腑里延伸。

至于盛夏酷暑时的汗味、烟味、香水味等气味，则一应俱全，品不胜品，闻不胜闻，尽管呼吸之。

从甲者呼出，紧接着进入乙者，如此丙丁下去，再周而复始。

同舟共济，同呼吸，共命运，信焉不疑也。

站在车门口的乘客正当忍无可忍时，一场旷日持久的嘴仗——有的演变成肢体战争，骤然爆发。

往往是一少一老，或一男一女，或一年老女性同一年少女性。先是你高八度，我比你高八度，满车厢里的人听得一清二楚。接着出言不逊，你不客气，我更撕破脸皮，看吧，谁能气死谁！

后门吵得正酣，前门引爆更人轰动效应的破口大骂声，此起彼伏，彼伏此起，公交在一派污浊嘈杂声中动荡行进。

“嫌挤你去打的。”

“有本事开自家车上班！”

……

“一大早儿就同你怄气，这一天的心情就交待了！”

“碰上你，真是倒了八辈子霉！”

……

一天，一个靠门的刚被挤上来的中年妇女朝乘务员喊：“哎，哎，我说你哪！”

这位中年妇女穿戴打扮比较考究，仪表不俗。

乘务员故意不理她。

什么场面没遇到过？见得多的乘务员忍耐着。

她不可能在工作时同乘客吵嚷，即使乘客找茬儿，硬要同她吵嚷。

“关门！关门！还想把人挤坏吗？挤死几个吗？关门！！关门！！！”

她比乘务员还乘务员，可惜真正的乘务员并不听她的指令，司机也能辨别出真假乘务员的声音。

在假乘务员命令声中，几个背携尼龙丝袋子和特大行李包裹的外地人，陆续挤进车厢里。

他们只是往车里挺进，一声不吭，一言不发。

对那个假乘务员的命令，充耳不闻，视而不见。

其实，车厢里合理布局，还可以挤上来几个人，看上去的确很挤，细端详，有的地方比较宽敞，比如那个假乘务员的身前身后身左身右。

车启动了，在长安街上由东向西缓缓运行。

那位中年妇女不依不饶，接连气急败坏地斥责离她不远的乘务员。

车厢里除了她的没好气声，倒是比较安静，无一人为她帮腔、喝彩。

刚刚站稳、喘口气的几个外地人，安之若素，欣赏车窗外一座又一座高楼大厦、来往的车水马龙、宽阔的平坦的大街两侧高矮错落的绿化带，首善之区那位妇女的喋喋不休的叫嚷根本不入耳。

令人不安的防不胜防的小偷登场表演了。

他们往往在最拥挤的门口或门旁，手像游蛇一般，舒舒服服地接触目标，神不知鬼不觉地完成见不得人的秘密勾当。

有一次我被小偷选中，右后屁股兜里的电话名录本被偷去。

当我一摸不见了，上车时还硬硬的在，便向乘务员报告："有人偷我东西！"

乘务员马上说："大家看看脚底下，有没有被挤掉的东西。"

经乘务员这么一提醒，我真的挣扎着，往脚底下看，真的就看见我那厚厚的硬硬的64开小本。

谁稀罕它呀！

我感谢乘务员的机智。

乘车时，我常在想，拥挤的线路，公交车为什么不多安排几辆，间隔时间为什么不缩短些，公交车为什么不停靠在站位上，先上车的人为什么不往里移动，人与人之间为什么不能多些谦让、宽容，司机驾驶技术何时才能更娴熟，南来北往东来西去的乘客何时才能惬意地畅行在长安街上？

我把从八王坟到北京站口、从北京站口到八王坟这一段里程的公交视为畏途，难受之旅。

但愿2001年的夏日能早点过去，盼望北京最好的金秋时节能早点到来。

广场上的曙光

“2000年到来之时，我要去天安门广场，在那里迎接新世纪的曙光。”

这是我在二十世纪结束前做出的一项重大决策，也是我迎接二十一世纪的第一个非比寻常的举动，并视此为信息时代一个中国人终生的荣幸，也是我家人的荣幸。

“今夜无人入睡。”

的确如此。世纪交替之际，千载难逢，谁不激动？况且我收看的中央电视台，连续播报世界各地迎接新千年到来的庆祝活动的节目异彩纷呈，想入睡也难。

当北京元旦钟声敲响的几秒钟之内，我就拨打电话，向远在千里之外的亲人祝贺新世纪的来临：“黑夜即将过去，新世纪的曙光初照人间，让我们不久团聚在首都北京。”

家人也向我祝福。我祝福年轻人，二十一世纪属于你们，也属于你们的子孙，祝愿两个儿子切实体会“千岁一时”“千载流芳”等成语的含义，把中华成语看作人生智慧的宝典。

祝福之后，我依然拥被边打瞌睡边看电视，在似睡非睡、半醒不醒中周游世界，沉浸在从未有过的氛围里，度过了千年伊始的最初时光。

夫人离我较远，可她在遥控我，7时30分许，打来电话，提醒我马上到天安门广场去看升旗仪式，我即刻兴奋地滚下床……

十分钟左右，我已走出珠市口胡同，走上前门大街，这时，人车比平时少三分之二，气温很低，我穿着军呢大衣，围着围巾，并不觉寒。当我走进前门东南侧的永和大王时，想进去喝碗热豆浆，不料里面人太多，排着长队；急着上广场的我，说服自己回来时再喝吧。

渐进广场人渐多，迎面返回来的年轻人成双成对，他们年轻得让我十分羡慕，以致有点妒忌地想从他们脸上捕捉到一丝整夜未眠的困倦，或疲惫不堪的眼神，或别的什么比如衣饰不整的缺憾，可是这一切格外努力的探索，归其全都徒劳无益，不但一无所获，反倒显得我的确有些落伍。像我这样年过半百的人，在广场人群中，算得上寥若晨星。

8时许，广场附近壁垒森严的警卫人员开始撤离，宽敞的长安街上，汽车和行人比较稀少。天空灰蒙蒙的、阴沉沉的，云层模糊、混沌且暗淡，看不到蓝天，更看不到红日。

漫步在天安门广场上，我注意到清扫车旋转着条形扫帚，吸纳脏物和尘埃。我凝视纪念碑前“2000”几个数目字，便想赶到龙头“2”字下体会体会首领的感受，想着走着，真的来到这里，面向雄伟壮丽的天安门，我踌躇满志地沉思在“五四”运动打出民主曙光旗帜呐喊的海洋里……

往事越百年越千年，百年云烟，世纪风云，转眼即逝，只见游人揿动快门，摄入镜头里的，没有一片或一缕往日的云烟。

绕过龙首，我特意仰望司空见惯的人民英雄纪念碑，又特意从上到下地识认“人民英雄永垂不朽”一行字，并特意地盯着“朽”字，看那一笔一画，突然发现“朽”字右侧的“丂”旁让毛主席写成近似“斤”字，末笔的竖画垂下，不向左撇，也不向左弯，似有无尽的哀思。

我怀着郁郁的心情离开广场，沿路的家家饭店里拥挤着年轻人，街旁的所有电话亭前都排着等待打电话的队伍。来自全国各地、五湖四海的喜笑颜开的年轻人，他们正急迫地绘声绘色地手舞足蹈地向亲友报告，2000年元旦天安门广场上升旗的庄严和庄重的情景，同亲友共同分享华夏子孙的喜悦和兴奋。

那面从浩瀚太空返回祖国的飘扬在天安门广场上空的五星红旗，同其他国旗的区别，在于其独一无二的经历和阅历。古今中外，人与人的区别，从某种角度看，大概正在于此。

千载难逢，毕竟千载相逢了；普天同庆，果然礼花升空、歌舞遍地。

望着从广场上向四面八方散去的朝气蓬勃的年轻人，望着他们青春眸子里闪闪烁烁的迷人神韵，我释然，恍然意识到：这不就是我梦寐以求的要在天安门广场上迎接的缕缕曙光、道道霞光、灿灿金光吗？

文章千古为哪般?

从我开始写文章的前前后后，陆陆续续知道“为什么写”“写作的目的”，诸如“文责自负”“有感而发”“文章千古事，得失寸心知”……直到“文章华国”，我的境界被引领到一个新台阶。

从人生经历和阅历得知，人的思想境界是逐步提高的，不可能像火箭那样一步登天。实际上，火箭上天也不是一蹴而就，而是一寸一寸地快速推进。推进时烈燃喷薄，义无反顾，势不可挡。至于人的思想进步，不经历过痛苦磨砺，几乎是不可能的。不仅如此，毛主席说的“好好学习，天天向上”，里面有量的积累，“天天”指时时刻刻，不间断，持之以恒。兢兢业业非易事。2001年4月2日在北京王府井大街45号富豪宾馆里，杨仁恺先生题字，我望之猛然一惊，顿悟。这是不是“量”的飞跃呢?

那天，我们相见甚欢。杨老年事已高，事务安排得很紧凑，怕耽误杨老的宝贵时间和精力，我不敢怠慢迟滞，临走前，突发奇想，恭请杨仁恺先生为我题字。他说，好。便顺手从房间桌子上一个本夹里抽出一张16开的便笺，掏出上衣兜里的硬笔，站在桌前，一挥而就。

当他找纸握笔做着这一系列动作时，我兴奋地急速思索：杨老会给我写什么呢？我期待的是什么？

前一天我才得知杨老到京，通电话约定第二天见面。这是我一直期待的，我们素未谋面。之所以有机缘得以面见杨老，是因为一个“差误”。

说来话不长，时间退到2000年夏秋之际，全国文联、美协、书协同沈阳市政府、文学艺术界联合会在沈阳联合举办书画节活动，彼时杨老在辽宁书协招待会上同沈鹏先生同席，沈先生邀请杨先生为他即将出版的诗集撰写序言，杨先生当即允诺。不久，沈老命我把待出版的《三馀续吟》复印本和有关资料，包括《三馀吟草》，还有沈老写给杨老的一页手札，一并挂号寄去。

秋风一过，冬雪便来。

2001年1月某一天，我便接到杨老寄来的大作《读〈三馀续吟〉有感》。让我惊喜的是，该序提到我：“……多次承蒙诗人好友李果先生的催促……”我在反复拜读中，深感杨老赞赏沈鹏先生“有丰富的灵感”，评价之当，让我雀跃；同时感到杨老为文之细，且抒肺腑之言，令人叹服景仰。

当年春节一过，我参与责编的《三馀续吟》便由荣宝斋出版社出版发行。该诗集是沈鹏先生第二本诗词选集，一如第一本那样，内刊三百首诗词。诗律严谨，讴歌时代，语汇时尚，奇思警句，偏于豪放。新书一到，沈老就在扉页上题字，致谢杨仁恺先生，让我寄出。不知何故，杨老一直没收到。我便请沈老再次题字，正待邮寄时，得知杨老莅临北京。

杨老直书“文章华国”四个字，用的是“一笔书”。笔触运行之速，让我目不暇接，而他思维之敏捷，令我非常感叹。联系到杨老写的序言，我便一下子意识到杨老平生的著作以及他对中国现当代文化艺术做出的卓越贡献，数十年如一日，伏案疾书，笔耕不辍，为文之崇高境界。

我双手接过题字，欣喜不已。

那个“华”字跳了出来，像一朵怒放的鲜花，芳香四溢，沁人心肺；如一座巨碑，顶天立地，无比庄严神圣。

当时我对“华”字格外感兴趣。

我想，杨老为我题的这句话具有普遍意义：他希望作者写出的文章能为国争光添彩，在全国引起反响或有影响，如同日月光辉。

这是一个严要求，也是一个高标准。

流传千古的经典诗文，可谓文章华国。古典固然以精粹益人，但其意义在于使中华文明代代传承，发扬光大，从这个角度上审视“文章华国”的含义，不仅仅在于为国家争得荣誉，更在于使国家繁荣昌盛，促其腾飞。假如真的是“妙手著文章”，那么不但文章妙绝可人，而且应在为国争光和促其昌盛两个方面都起到作用，那该多好呀！我想，这可能是杨仁恺先生的本义，是对后生我辈的鼓励和期望。

也许杨老知道我平时为文，所以如此书之。

如果我是一个普通科技工作者，杨老可能会为我题“科技华国”；如果我是一个普通工人，杨老可能会为我题“制造华国”；如果我是一个普通农民，杨老可能会为我题“耕耘华国”……

在我接触的学者、专家中，给人们留下较深印象的不单是他们各自拥有的真善美的风采照人，更多的倒是他们与众不同的思想意识的人文光彩照人。

在我一生里，虽然有幸同杨仁恺先生见过一面，并且不超过一刻钟，匆匆焉，但是，我的感觉是，一位大师执我之手，沿着台阶上行。这个台阶，犹如天阶，清清楚楚，真真切切；而当时的上下左右前后，周围到处都是迷茫的雾气，唯有杨老和我以及层层似隐若现的台阶是真实的，其他一切都是虚幻的。这一神奇的情景，恍如梦中，并且永远定格在那里。

自那以后，每当我乘车或步行，经过王府井大街富豪宾馆时，都自觉或不自觉地朝那里望去，似乎相见的那一幕刚刚发生，杨老儒雅可亲的样子仿佛就在眼前。

如今，杨老为我题字“文章华国”正如北京南芦草园胡同里门联“文章华国，道德传家”一样，已成文物，其言已成我作文的座右铭。

假如有一天，设立杨仁恺纪念馆，我愿把这一题字捐献出来，使其流传，广为人知。

能饮一杯无?

白居易问刘十九“能饮一杯无”，是敬酒辞还是劝酒辞?

我素不饮酒，逢好酒则忍不住想尝一尝，慕名以解馋。前不久去太原，未等牧童遥指杏花村，友人已捧出汾酒，望之欲醉。

席间，友人说“汾酒必喝”，我以为他在说《三国演义》第一回第一句“分久必合”。经同事解释，才知主人巧妙运用地方口音，暗渡陈仓，使大家欢畅起来。

让人高兴的是，主人颁布宽松的行酒令：“酒逢知己千杯少，能喝多少喝多少。”敬酒不劝，浅尝辄止。

常见哥们儿义气拼逼，令人厌恶。什么“感情浅，舔一舔；感情深，一口闷；感情铁，喝出血”。这哪是什么所谓的“感情”，简直是害人，忽悠。

人的需求不尽相同，亦不等量。对不善饮者，劝不善，逼是害。既善饮又解饮会劝酒者，古今非李白莫属。“阮籍醒时少，陶潜醉日多”（王绩《醉后》），李白“三百六十日，日日醉如泥”（李白《赠内》），“劝君更进一杯酒”（王维《渭城曲》），“将进酒，杯莫停”，“莫使金樽空对月”，“会须一饮三百杯”（李白《将进酒》），“且乐生前一杯酒，何须身后千载名”（李白《行路难》）!

李白是诗仙，也是酒仙，斗酒诗百篇，无人可匹敌。历来“十觞亦不醉”（杜甫《赠卫八处士》）者，少之又少，能痛快淋漓地豪饮，既是本事，也是快事。

酒足饭饱时，友人把底足上舞蹈式的浮雕隶书“杏”字敞口小酒杯送我几个作纪念，我持在手中旋转那杏花，似心花盛开，产生带几瓶汾酒回京的想法。

此番山西之行，最大收获在于发现：同是高粱、大麦、豌豆作原料，经不同工艺精酿，可造出中国“老八大名酒”之一的汾酒，亦可产生华夏第一醋。前者晶莹透明，后者酱紫嫣红，两者酸辣有别，岂非奇迹？让我想到：同此一生，作品迥异，道理类似。同时代的作家，可以创作出不同品类的艺术；不同时代的作家，亦可创作出同样优秀的艺术。如同品饮汾酒或山西老陈醋，口感和口味千差万别。

对粮食之精华，文明之佳酿，能饮一杯无？

2004年5月4日

装池国手刘金涛

“装池”一词，我是在刘金涛先生家看到的。他展开一轴字，上书“刘金涛装池”——国画大师刘海粟八十八岁癸亥立夏书于京华钓鱼台清露堂。

其实“装池”一词在词典和《辞海》里，在中国论述装裱的书籍唐代张彦远的《历代名画记》、明代周嘉胄的《装潢志》、清代周二学的《赏延素心录》和现代姜新生、阴山的《中国装裱艺术发展史》中都有解释，均有提及，只是我孤陋寡闻，未尝知也。

“装”就是装饰、打扮，锦上添花，亦作妆字讲。“池”是水池。装池即是装裱，也称装潢、装治、装背、装褫、裱褙、潢治等。“池”在“装池”中可能有两种解释：一是指画心，周边装饰着绫锦，内里状如水池，故名；一是指画心周边的装饰材料，它们横竖布列，造成水池和边框，边框为池。古代书画装裱起始用的是潢纸，即用黄檗汁染的纸，这种纸作书画装饰的边缘形似水池的四围，因此，“潢”作水池解。后来，潢纸被绫锦等取代，但装潢一说至今依存，只是流行语装潢不再专指装裱书画，而主要指向建筑的修饰装饰了。

刘金涛先生说：“过去管裱画叫装池，其实搞装裱的就是裱糊匠。”现在人们看问题不那么简单了。不论什么活计，搞好了都可以成为艺术。装裱本身是中国传统文化的组成部分，它把书画艺术的美学价值和艺术效果在时空上加以扩展，完成了书画创作外在形体部分——为书画艺术品的持续创作，同书画创作相辅相成，堪为姊妹艺术。从这个角度看裱褙艺术，裱糊匠应是装裱艺术家。他们创造了卷轴、挂轴、册页、扇面等装裱品式，使书画艺术品便于舒卷观赏和收藏，防潮避虫以延长书画寿命，区分并提高了书画艺术品的档次和等级，为保存历代书画珍品、传承艺术、美化生活做出了不可磨灭的贡献，其平贴不瓦、精匀温薄的装潢技术已成为中国书画艺术的重要组成部分，熠熠闪光。

我同刘金涛先生素未谋面，可他见到我像见到老朋友似的，从心里发出微笑，靠近我，并不时地情不自禁抓住我正在记写的右臂手腕，眉飞色舞地讲述装裱人生。

“我十一岁开始学装裱，今年78岁，现在还在干。”

我们靠在1米高、1.2米宽、3米长、2指厚的深紫色的案子旁边，案子表面光滑似镜，整体给人以十分稳重之感，望之令人肃然起敬。正是在这张案子上，刘金涛先生为中国第一流的书画家装裱出非常精美的艺术品。

“不是瞎吹，可以看　看。”刘先生喊：“小郭，过来！”保姆马上应声而至：“搬开花盆，开立柜，看您的画。”保姆边干活边叨咕，她可能习以为常了。刘先生从案子底下的抽屉里找出一个长方形的锦绫包裹的盒子，打开盒子，一串钥匙便亮了出来。

据刘先生的姑爷说：“老爷子常常把画拿出来看，这样对保存画也有好处。”

多少年来，甚至可以说，我这大半生以来，还不曾在几个小时之内一下子目睹了二十世纪下半叶中国最优秀的书画家的佳作，上百幅现代名家名人名作粲然展现在我面前，近在咫尺分寸，真的让我开眼界，仿佛齐白石、徐悲鸿、吴冠中、傅抱石、蒋兆和、刘海粟、李苦禅、李可染、叶浅予、赵少昂、董寿平、吴作人、白雪石、于非闇、关山月、黄永玉、范曾、黎雄才、黄胄、孙奇峰、周思聪、启功、沈鹏、郭沫若、老舍、楚图南、阿英、邵宇等大家齐聚一堂，欢声笑语，美不胜收。

刘金涛先生娴熟地向我展开的书画，大多都是书画名家署名后赠送给他的，这些艺术品独此一家，“别无分店”，已出版的画册里没有，不为外人见，自然没有仿临，没有赝品。我独享其胜，喜不自禁地建议刘先生办个展览，让世人一饱眼福。他微微地摇摇头。

据刘先生的姑爷说：“他是想办个展览，有这个意思。”

从收藏和拍卖角度看这些字画，价值何止千万人民币。刘先生如果真的举办展览，定会引起轰动。

一次，廖静文欣赏了刘金涛先生的收藏后笑着说：“把画给我，我给你钱。”刘先生说：“不卖！”他诚恳地对我说：“我不卖画。”他激动地说：“裱画得爱画，不爱画裱不好画。”接着他又深情地说：“糨子要爱护，水也要爱护。”

是的，人世间的东西，什么不爱护行吗？

董寿平艺术纪念馆成立时，董寿平忍不住说：“将来我写刘金涛。”

刘金涛先生裱了一辈子书画，可写的事迹太多了，但是最可写的不是他的装裱艺术，而是他的做人和为人。他说：“一个人做人最重要。”他这一生做了许许多多重要的事情，为人称道，他做的最重要的事情就是做人，这更让人仰慕。下面的几个故事虽然不足以表明刘金涛先生诚挚、豁达、豪爽的性情，但也饶有情趣，应当记载。

“站住！”

中南海西门南侧笔直站岗的军人喊住大步流星往里走的刘金涛。那是解放初期。

“挟的什么？”

“字画。给毛主席和朱总司令裱的字画。”

“墙上有电铃，请您按一下。”

从此，刘金涛知道进中南海得先跟站岗的战士打招呼，然后按一按电铃，联系上以后才能进去；从此，他同这个很精神的战士刘章文相识并很快成为好朋友。后来，齐白石、陈半丁、王雪涛等人为刘章文写的字、画的画都是刘金涛装裱的。

声讨邓拓的前一天，也是刘章文的朋友——宋振庭派秘书给刘金涛送来两幅傅抱石的画，请刘金涛送给人民日报社总编辑邓拓。秘书走以后，刘金涛感到为难，这都什么时候了，送什么画呀！但是，受人之托，友情为重，刘金涛还是去了。他立即就去，没有耽搁半个时辰。当他携带两轴画赶到邓拓家时，邓拓正站在屋里，问刘金涛：“干什么？”刘说明来意，邓不再说话，摆摆手，往外示意，那意思是说：“不要，不要，您拿走吧，快拿走吧！”邓拓怕在这个非常时期连累刘金涛。刘金涛痴痴地说：“您看看，这两幅画可是宝贝，您看看！”

邓拓依旧站在原处，依旧不住地摆手，让他把画拿走，不看，不看，不留，不留。

是非都在一瞬间，荣辱皆是转念时。

刘金涛明白邓拓此时此刻的心情，理解他的艰难处境，便轻轻地庄重地把两轴画放在几案上，悄悄地退了出来。他重重地舒了一口气，总算完成了友人的嘱托。

在这以前的一段时间里，每个周六，邓拓都派车来接刘金涛先生，邓拓家里有个大案子，可以装裱书画，周一就把刘金涛先生送回家里。到了过年时，邓拓给刘金涛先生一个红包，里面有十元人民币。在当时，十元已不是小数了。

二十世纪七十年代末，北京饭店请李可染、黄胄、宋文治、田世光、启功等书画家写字作画，装裱艺术家刘金涛也在被请之列。令刘金涛先生念念不忘的是，北京饭店美工、画家刘俊刚把请来的人都当成贵宾对待，而且一视同仁，实行“三白”：白画（裱）、白吃、白住。刘俊刚认为，他们同样为北京饭店做出贡献，而书画创作和装裱的贡献没有高低贵贱之分，是一样的。让刘俊刚至为感动的是，刘金涛先生随请随到，至今刘俊刚手里还保存刘金涛先生1995年写的一张便条：“今天很热，汗流浃背，但我挤公共汽车来了，您没在……”直到现在，平素里刘俊刚常来看望刘金涛先生，并关心他的家事。刘金涛先生常说，刘俊刚画好人更好，交朋友就要交好朋友。“我的朋友都是书画家，他们都是我的好朋友。”

刘金涛先生把范曾画的《钟馗》、孙奇峰画的《鱼》、石愚画的《群虎》展开让我看，都是四尺整纸，他说：“人不好，他给你画什么大画，你说呢？我不知道你是怎么看的？”

刘先生又从立柜里找出更粗的一卷画，嗬，展开的是黄永玉画的九尺整纸《荷花》，上书：“金涛检旧纸促余作此云此纸甚佳试之不见得好”，“戊午夏苦热”。

不等我回答，刘先生展开韩美林的红冠巨尾金鸡，上书

“金涛吾兄”，他自问自答：“人不好，人家不给你画那么大画，顶多给你画一张小点的，应付一下而已，有道理吧？吴作人知道不？搞美术的都认识他，你看吴作人画的这张裱得好不好？”

刘先生装裱的字画平薄净整。平，看上去或用手抚摸，没有波浪，亦无瓦凹；薄，这除了宣纸厚薄均匀外，所用糨糊也是精致的；净，上上下下左左右右里里外外，一尘不染；整，卷起来，端头平整，一刀切下去似的。

“刘老，像您这样的人在全国多不多？还能找出第二位吗？”

刘老说“没有，没有”，他边摇头边说着。

“裱得不好人家能给你画嘛，人呐，别死，活着，不要嫉妒，嫉妒没用！邵宇是好人，人好，北平解放后，他说，裱画好的，我就认识刘金涛。人呐，活着不要嫉妒别人，你说呢？”

刘老从立柜里又挑出一卷子。我往一人多高半米多厚的立柜里望去，大概有十几卷，他边打开边问：“沈鹏认识吧？”

我忙说：“认识，认识。”

刘老边打开齐白石画的一幅虾，边自豪地说：“沈鹏是我的好朋友，你看他的诗书——”沈鹏先生写的是行草书：

白石画虾雪个胎
神师造化尽精微
今人只把葫芦卖
也谓胸中逸笔来

七绝题白石老人画　戊寅夏　沈鹏后学也

“裱得好吧？”

“当然了。”

我没有料到刘老接着用四个字概括了自己一生的装裱风格："淡雅脱俗。"他说得自然，也平常，可我却为之一振。我为刘老坦诚无私的胸怀所折服，心里更加热乎乎的。

"赵少昂，认识吧？他每年都从香港给我寄来一千港币。"

和刘老在一起，你得精神头足一点，不然你就成了七老八十。我虽然不算老，但我已看得有些累了，可刘老依然兴致勃勃，像个青年小伙子似的，还在不断地翻找一卷又一卷的名人字画。我已经记录厚厚一沓纸了，下面不再细述同刘老看画的事儿，只照录几段名人在字画上的题录，从中亦可见刘老在名人名家心目中的形象和位置。

白雪石在九尺整纸山水画上书：

> 金涛老弟裱画五十多年，技术精湛，闻名全国，揭裱旧画尤为擅长。不少青年向他学习，无不耐心授艺。我与金涛相识四十余年，堪称知己。我很喜爱他裱画用的绫绢，都经他亲手染色，淡雅脱俗。全国知名画家他都很熟悉，齐白石、徐悲鸿都曾为其作画，至今保存完好。
>
> 丁卯新春 雪石为金涛写此留念

丁卯秋黄永玉为刘金涛先生画像，黄永玉题录，内中涉及"京城三黄"之一的黄汤勤——"白石、悲鸿老友可染也怕金涛；汤勤虽是前辈人品，数我清高。"黄苗子自吹，实则自谦也。

1980年春，李可染手书："千锤百炼，精益求精"。这个条幅，一直挂在刘金涛先生的装裱室的墙上，已成了刘老的座右铭。

刘金涛先生还为我展示了吴祖光先生的手书：

白石悲鸿昔日佳作金涛裱
祖光凤霞百年情谊海天深

金涛仁弟77岁生辰 祖光拜书

还有黄均先生：

金涛弟精于装裱与余为六十年之交，此画像乃蒋兆和先生于1950年为金涛弟写照。神态宛然，惟妙惟肖，兆和先生已去世多年，展画回思不觉黯然。

己亥长夏 黄均题记

每幅字画，承载万千情意，刘老无不细心保存，妥帖收藏，留存住往昔岁月，不时回味。

刘金涛先生曾在一幅挂轴前留影，神态颇为舒畅，上书大字“诚则感人”，下书小字，都是老舍夫人胡絜青于1982年初秋所书，大意是说老舍生前所藏字画多系刘金涛先生装裱，他成为我家好友，逢金涛六十寿辰之际，书此贺之。

除了名人名家在赠给刘金涛先生的书画上题及刘先生的装裱技艺及其为人，在全国的书报刊上也有一些记载刘先生的事迹，这里略举一二。

傅抱石先生在1957年1月3日人民日报上发表一篇文章，题目是《裱画难》，其中提到北京的刘金涛先生是“难得的人才和有信誉的店家”。

郑闻慧女士在《炎黄痴子——回忆我的丈夫黄胄》一书中，两处提到刘金涛先生，见解独特：

> 刘师傅除了是一位裱画工人，又是一位社会活动家，在齐白石先生和徐悲鸿先生生前就是这两位大师的座上客，为他们两位大师装裱过书画。如今他又是李可染先生和黄胄的好朋友，也不断帮助他们托裱新作。这些天，他一直住在藻鉴堂，为黄胄托了上百幅新的作品……
>
> 裱画师傅刘金涛也拿出了自己储蓄的1000元，捐给炎黄艺术馆的工程建设。

在张大千自传里，也描述了刘金涛先生。

刘金涛先生不但在中国著名书画家的心目中永存，而且他的装裱艺术在中国著名书画家的作品中永存。

他现在仍然忙着。不仅仅活动于北京城里，烟台、蓬莱、济南、广州、广西、香港等地也请他去，近些年大连就请他去了五趟。在国内忙且不说，还被请到加拿大去忙，有人请刘老去美国忙，他至今没有拔出脚来。

如果说装池是一池清水，那么刘金涛先生就是池中的浪里白条，酣畅神游，不肯上岸。

（原载《鉴藏》2005年第3期）

人的命运 ①

北京六环之内，找大中电器不难，谁都知道。可是，找大中就难了。谁是大中？大中姓什么？

大中可能不记得我，甚至想不起来何年何月何时何地何事见过我，后来因何有过什么接触。

我与之相同又不同。相同的是，多少年过去了，各忙各的，再未交往，已记不起相互长得什么样。不同的是，自那时以来，大中电器陆陆续续遍布北京各处，每当我同家人、朋友看见或走进大中电器，选购大中电器，便油然而生思念之情，念到大中蓬勃发展的盛况，思及人的命运。

那是1995年金秋，我刚到《中国文房四宝》杂志不久，友人找我全程采访参加公益活动的张大中。我们几个人陪同他去满城长角台乡龙居村龙居小学，向师生捐赠一批图书，一摞摞一排排的书籍中有《小学生段·篇·章图解手册》《人物工具简笔画》等。全校师生举行隆重的升国旗仪式后，又举行热

① 报载，张大中退隐多年之后于2010年就任国美电器总裁，出山“救急”，谁会料到。

烈欢快的授书仪式。

仪式后，有个细节让人乐一阵子。时任海淀区工商局私营企业家协会秘书长刘永全考虑到北京电视台记者罗艳急着赶回去制作节目，便对张大中说："你的车快，把她送到台里。"大中说："一会儿我去开会，先把她送到六里桥，让她打车走，我掏钱打的。"罗艳急了："我有钱打的，不用你大老板的！"

我坐在副驾驶座上，大中边集中精力开车边悄悄对我说："我也常打的，有时来不及开车或不便开车。"

你说有意思不，当天早晨在六里桥集合时，一辆擦得干干净净的红色轿车在约定的地点和时间缓缓地停在我们身边，我以为张大中坐在车里面，开车的司机胖墩墩的，穿一身普通西服，领带也不特别，双眼笑眯眯的，原来他就是张大中。

之后半年内，我同张大中接触几次，那时，张大中是大中电器有限公司董事长兼总经理，并兼任一些社会职务。不认识他的，头一次见他，也像我一样，以为他是张大中的司机。不过，正是这几次接触，让我多侧面地进一步了解和认识这位日夜不停地带领位于玉泉路地铁口旁的大中音响器材城奔驰的"司机"风采。

事业发展，员工进步；员工进步，事业发展。

当时我满眼看到的是四千多平方米的大中电器城楼下楼上销售数千种国内外最先进的音响器材、灯光设备、家庭影院等电器，满脑子里是大中与时俱进的经营理念和令人欢欣鼓舞的员工热情、友好、礼貌服务的情景。

光阴的脚步已被旋转的汽车轮胎取代，飞驰向前。去满城一路，左右望去，满眼黄灿灿的柿子。如今二十多年过去了，北京在改革开放中巨变，大中电器在改革开放中大变，大中及其员工的命运在改革开放中也发生了各种各样的变化，不知张大中现在何处？可是我却时常似梦非梦亦幻非幻地感觉到，他和员工开创的大中电器事业同京城千家万户百姓日益增进着千丝万缕的情缘。

“地下”鬼市

——第八届北京中国古玩艺术品博览会见闻之一

鬼市大观园107号摊位是两个人共用的地方，右侧摆着古玩杂物，而左侧则是清一色的瓦当。来自陕西西安的闫祚中三十多岁，精精神神，兴致勃勃，滔滔不绝，让人感到他是收藏并研究瓦当的行家。令我兴奋的是，泥土铸成的瓦当已历两千多年的风风雨雨，至今神采奕奕，又默默无语。文字瓦当“长乐未央”“长生无极”“延年益寿”“与华无极”等都寓意久远，至于存世的“千秋万岁”“万岁无极”瓦当更是明白无误地表明汉代人追求永远、无边、无尽的意境，这从一个方面或一个角度透视出中华民族世代绵延、生生不息的素质和品性，也是一个民族命运及其传统文化的生命力坚韧不拔的象征。

历史印证，瓦当还有写实或纪实的特点，“长乐”“未央”分别指汉代宫殿用瓦，汉高帝刘邦五年（公元前202年）九月建造长乐宫，七年（公元前200年）二月建造未央宫。当年“长乐未央”瓦当作瓦头，用以保护檐际椽头，防止风吹雨打，同时增强宫殿的牢固并增加宫殿的美感。如今长乐宫和未央宫何在？作为西汉开国皇帝这两座宫阙的一部分或一分子的块块瓦当，巍然肃立在我们面前，注视之，依然能感触到它的森严雄伟、荡气回肠的气势以及吉祥祈祷的撼人魅力。

我在几十块瓦当摊前欣赏、沉吟，仿佛一块块文字瓦当、图案瓦当、画像瓦当都变成了耀人眼目的艺术品。且不说瓦当内涵的隽永、图案的对称、布局的均衡、线条的墨韵，单是篆隶兼施的书体，夸张变形的书风，方圆就势的书法，便足以值得后人去学习汲取，看重秦砖汉瓦，看重天之四灵、威震四方的青龙、白虎、朱雀、玄武纹瓦当，看重“秦始制”的上林苑宫的“上林”瓦当，看重“官”字、“宫”字和“冢”字瓦当……

目前人们能见到的中国最古老的瓦当是距今三千年左右的西周宫殿遗址的素面半瓦当。所谓素面，是指瓦头上没有纹饰，既没有横纹，也没有弧线，犹如一张白纸。闫祚中说，瓦当由素面到纹饰，走的是从简单到复杂的变化路线，后来由复杂到简单，再由简单到复杂，如此简单—复杂地变异着。世间的许多事物，包括艺术，也在简单和复杂之间变来变去。三十年河东，三十年河西，循环往复，无穷尽矣。

闫祚中摊位上的瓦当，连同他在同一鬼市大观园中展示的瓷器、玉器、木器、铜器等千万种古玩艺术品，大半是收购来的，少部分是挖掘来的，而收购来的又大多是源于挖掘，从地下挖掘出来。73号、74号和77号摊位上摆放的新疆和田羊脂玉，大的几十公斤，甚至上百公斤，小的一把可以抓十几颗，有白玉、黑玉、青玉、碧玉、黄玉等多种玉石，均是天然形成的。显然，鬼市大观园里的大多数古玩艺术品来自地下。这样概括未必武断，是有依据的。

“地下”，从古玩艺术品的材质上看，名副其实。瓦当一般为泥质灰陶，来自地下；瓷器是高岭土等纯净的黏土烧制成的工艺品，来自地下；和田玉晶莹润泽，水孕土酿，来自地下；“地下”有时也指“地上”。比如“东西掉在地下”，这句里的“地下”实际是“地上”。往往“地下”和“地上”不分彼此，同义或等同。因此，本文所言古玩艺术品来自地下，也包含来自地上。

从时间上看“地下”，也是名副其实的。上百年以至上千年甚至几千年的古玩文物，覆盖着厚厚的岁月风尘，它们都属于往昔远古，在我们眼里，它们悠远的品位或遥远的形象，在地平线以上是看不见的，都隐藏在地平线以下，简称“地下”。挖掘文物，主要是指从地下发现或整理。2号摊位小孙以一百多件玉器为主的古玩艺术品摆放得极为整齐、有序，大多是收集来的，也有挖掘来的。他在博览会的第二天卖了一件红山时期的玉串，在第三天卖了一件玉蝉，我采访他时，他说，“把希望寄托在明天”，希望明天出手更多的玉器或铜器或木雕或瓷器。不过，明天是9月27日星期二，没有赶上周五、周六或周日，他不免对今年鬼市的人气不旺，对鬼市受国贸主会场的强大吸引力的影响有所忧虑。时针刚过17时，许多摊位便开始包装、装箱，纷纷收摊。鬼市摊主兴致不大和信心不足，于此可见一斑。

从空间看“地下”，更是名副其实。这里的“地下”指基层和民间。基层和民间的广泛、细密地收集古玩艺术品的文物工作者，像战争年代的“地下”工作者一样艰辛备尝，困苦万般。这里的“地下”工作者，不是指特工，也不是调侃的老鼠，而是形容不为人所知和不想张扬的举措。古玩艺术品除了从地下挖掘以外，大多隐于市，广大的市场存在于芸芸众生之中，千家万户之中，穷乡僻壤之中。有几个摊位摆放着瓷器、残瓷、瓷片，自唐以来的不乏其类。残瓷和瓷片，几乎没有赝品，它们可以称得上瓷器的标本，有的是捡拾来的，有的是收购来的。我逗留在一夫妻摊和一兄妹摊前，直觉那些残瓷上遗留着泥土的芬芳和寒暑的气息，真是身残意不残魂不残，或许它们之中更重要的部分仍然留存在地下，不知何年何月才能重见天日，来到鬼市大观园中。

我辗转迂回在鬼市里，被地上琳琅满目的艺术品散发出来的神秘感和怪异性所诱惑，行进中，不禁想起昨天早晨的景象，即在博览会开幕的第二天，9月25日8时许，我同老伴辛莘本来拟直奔北京古玩城书画艺术世界，可是它10时30分才开门，我们便顺势拐到古玩城鬼市大观园里逛一逛。进入鬼市，地摊正忙碌着摆放，当时光顾鬼市的人陆陆续续多起来。刚看过几个摊位，我便发现带翅膀的玉蝉，左右两翼高出背部若干尺寸，看上去有动感。又过了几个摊位，发现一条带脚的鲤鱼，腹下几只细爪将整个身体支撑起来，富于浪漫的造型，远远望去，那细足又像是滚动的浪花，而鲤鱼仿佛在浪上浮游。这条瓷鱼具有摆设和观赏的特性。又过了几个摊位，我一眼就看到雕刻精美、构思奇巧的一对矮圆凳，看那木质纹理，像是黄花梨木，一问果然是这种名贵木材所制。用手掂一掂，分量不轻，色泽显得古朴，价格也不贵，我产生了购买的欲望。因为心不在焉，又贪看其他摊位，便拖泥带水地走马观花地浏览过去。想不到，第二天下午，我专程来采访鬼市大观园，仔细一看，那些引起我好感的玉蝉已有翼而飞，瓷鱼亦已游走，就连矮凳也不见了踪影。我为之愕然，不免唏嘘感叹：好东西难以久存于市，你喜欢的，别人也可能喜欢，但机遇则稍纵即逝。因此，见到喜欢的东西千万别轻易放过。就这样，我在鬼市里流连忘返。当天色将晚，暮霭降临时，我才恋恋不舍地离开鬼市大观园。

古玩城外面，靠路旁的北侧矮石墙处，有自然形成的小鬼市。

这可谓是鬼市大观园外的“地下”鬼市。该鬼市特点单纯，一字排开，摊主站立着，身子靠近后面的矮石墙，面对三五看者，在摊主和观看者之间，不过摆着少则三五件，多则七八件瓶、碗、罐一类的明清瓷器，其中不排除造假的，也不能否认是古玩文物，这一溜鬼市呈现沉默状态，几乎无人交谈，相对无语，相看不厌。鬼市的怪异和神秘，在这里也能感受到。在古玩艺术品淘金者的心里，古玩城门外的鬼市比门里的鬼市似乎更为遥远和冷凉。

当我从大鬼市里撤出来时，小鬼市早已无影无踪，于是我想到小鬼市外的难以寻觅的大大小小的寻常日子里的“地下”鬼市，思路便模糊和“无极”起来。

眼前到处是林林总总的成千上万的千奇百怪的古玩艺术品……

2005年9月30日

赠君一言辨真伪

——第八届北京中国古玩艺术品博览会见闻之二

沿着东三环南行，过了潘家园桥，就能望见高高的大大的红底黄字隶书匾牌“古玩城书画艺术世界”，它位于首都图书馆一侧、北京古玩城和潘家园旧货市场的对面，与之并肩比邻、巍峨对峙。

博览会期间，书画艺术世界大厦前间距并排悬挂五条红幅，上书“北京古玩城书画艺术世界书画精品展”，在大红灯笼气球向上拉直六层楼高的下面是绿茵茵的草坪，辉映醒目，气氛热烈。

该书画艺术世界建筑面积一万平方米，是目前北京最大的室内书画艺术品市场。室内地上三层、地下两层，平时设有全国三分之二以上省市及港、台地区的书画展厅、画廊、古玩和文物店，博览会期间顶层三楼悉数为台湾书画商所租用。在一楼一侧设有典雅的可用于笔会、展销、讲座、鉴定、拍卖和交流等多种功能的艺术馆，馆里设施先进，拥有投影机、自动升降大屏幕以及精致的音响设施，可容纳近二百人就座。博览会期间馆内特设书画精品展。

步入古玩城书画艺术世界，你便会感到这里是古玩书画文物汇聚之地，丹青富贵寓于一城，珠光宝气竞相争辉。

9月25日是星期天，为博览会开幕的第二天。10时30分，大门一开，我就同老伴辛莘以及等候在楼外的书画爱好者们先后陆续走进书画艺术世界。通常情况下，参观和游览大型场所，我同老伴都养成了从上到下或从下往上的浏览习惯。从上到下似乎比从下往上更省劲儿，更舒畅些。今儿个我们直奔顶层三楼——台湾书画古玩厅。

三楼里不像想象的那样热闹，显得特别静谧，三分之一或近一半锁系门环，暂不营业，经询问方知它们移师主会场国贸中心3号展览馆，那里紧靠长安街，交通方便，人气很旺。近三分之一展室为台商所雇佣的女服务员看店，虽然热情迎迓，但所知不多，难以交流。柜里摆放着的古玩文物，确是精品，世上罕见，而墙上张挂的书画，质地多为绢帛，且经纬丝线明显朽旧，有的地方虫蚀严重，甚至出现孔洞。3010室正中古案条桌上置放着一匹古老树根雕琢成的奔马，飞扬的鬃毛为簇簇根须，健硕的肌肉是累累根茎，木质天生，魂魄人为，佐以瓷瓶古画，愈加雅气弥漫。当我刚想同3016室的老板聊一聊时，他却匆匆同另一老板握别后对我说："对不起，我也要到国贸那边去，这里现在打包闭店。"我只好同墙上的几幅古画相望无语，依依惜别。幸好3015室里有一个老板在，他喜欢聊天，爱说笑，指着室内的瓷器、玉器和书画说，这是另一个老板的，那些铜器是我的，我是收藏、研究铜器的。

玻璃架子上的几件铜器可能是中国青铜时代的精品，我不懂，不敢贸然品评，便指着两块圆饼一样的铜镜对老板说："我有位画家朋友，在南方购回一个战国铜镜，其精致和精美，像是刚从现代化的机器里制造出来的，能是真的吗？"

“多厚？”老板径直发问。

我说：“比你这两块铜镜好像都厚一些，有这么厚。”我用拇指和食指捏成的间距来作比。

“有点厚，一般说，真的薄，假的厚，古的薄，今的厚。”老板说得肯定，可是我却半信半疑，古玩艺术品真伪优劣如何鉴定？何人能辨？

唐代大诗人白居易“一法决狐疑”，那时，他“人生四十未全衰”，江州路上初贬官，一叶舟中苦吟诗，多暇独思赴任间。他在《放言五首并序》中提出人世间“真伪何人辨”、“真伪复谁知”的带有恒久性质的社会问题，也是学术问题。如今古玩书画文物存在的首要问题也是辨真伪，正如白居易在一千多年前所言：“草萤有耀终非火，荷露虽团岂是珠。”辨真伪的关键是看眼力，要有相关的专业知识。其次还得有足够的考虑或考证或验证的时间，正如白居易在一千多年前所言：“试玉要烧三日满，辨材须待七年期。”

碰巧的是，我在书画艺术世界艺术馆观看书画精品展时，来了两位书画爱好者，胳臂里夹着一卷画，想请专家鉴定。他们从报上得知，博览会期间艺术馆举办书画免费鉴定专场，所以特意赶来。工作人员解释说，因故推迟到展览后择机举行书画鉴定专场。于此可见，人们对专家集体鉴定书画是欢迎的，也是盼望的。几位专家在特定的时间和地点举办书画鉴定专场，对于辨识书画的真伪以及优劣是令人可信的善举，而免费鉴识，则更是普及文化艺术知识的义举。对此，新闻媒体会广为宣传和报道的，我们拭目以待。

名家或知情者题款或题跋也是“决狐疑”的一法。1006室田子坊为了给博览会增光添彩特意在25日挂出“寄萍堂上老人”草虫画一幅，上面有李苦禅儿子李燕的题跋。这幅草虫不足一平方尺，立轴，纸本，上绘一只工笔蝼蛄，几片写意的茨菇叶，苍劲凝练的款识笔风一望可知是出自齐白石老人之手，而那质地灰暗密实的宣纸也有半个多世纪的风貌。蝼蛄亦称土狗子，是农业害虫，穴居土中，前足多刃适于掘土，并能切断植物根茎。齐白石多次画蝼蛄，都是身子前倾，似奔走状，前爪张开，双眼圆睁，腹部肥硕，纹理工整，背部肌理亦精微有序，整体形象凶壮，不可一世。其丰神笔墨非他人所能为，的确是白石老人的独特风格。不过，钤印印泥色泽紫黑、多变，且有淋漓之迹，而茨菇和蝼蛄的笔痕也有新旧之别，不免令人生疑。

在画的下面，李燕直文从右至左书写如下文字：

昔京华湘馔名厨凌振杰师傅与余之师爷白石老人为同乡，常为白石翁献艺，翁甚嘉之，乃赠画予凌师傅，此幅即其中之一也。此幅蝼蛄茨叶图系白石老人早年所作之草虫，晚年为之补景、题字、钤印者也。蝼蛄今已难见，本为害禾之虫，然入画则美也。此虫农家甚知之，而画家多不识。农家出身之白石宗师，独以之入画，且工写融合，妙得天趣也。此画之茨菇叶笔墨介于八大山人与缶翁之间，其章法之空灵亦非当今金帽画家所能梦见矣，诚可珍也。

乙酉中秋之月

李燕拜跋

这真可谓：

一只蝼蛄八十万，上下左右待细看；

“不用钻龟与祝著”，真假有识李燕占。

当然，书画家本人出面鉴定真伪是最可人的，也是最难得的。在博览会期间，二楼北京中湘融书画艺术中心的李湘为我讲述了他经历的一件事，说来令人难以置信。

前不久，有位朋友从某拍卖行拍得一幅范曾的画，底价适中，拍价也不高，拍到手后，有人提出问题，略有争议。是真是假呢？世上仿范曾的书画较多，几近乱真，而范曾的真迹人们的确难得一见。怎么办？在友人的建议下，李湘陪他去范曾下榻处请教。范曾接过画，看了看，又看了看，他拿起放大镜，对着人像的发际仔细看去……这一举动和细节让李湘和友人惊讶不已。他们感到，真的假不了，假的也真不了，鱼目不能混珠，珍珠的光芒是遮掩不住的。让他们切实得到的教益是，画廊里不能摆放赝品，不能为了骗钱而丧失画廊的信誉和品位。博览会开幕前，北京古玩城书画艺术世界里的各个画店都拿出一幅精品书画集中摆放到一楼艺术馆里，组成这次博览会的书画精品展。

精品展里确实展出一些名家的书画，诸如李铎、潘天寿的书法，韩美林、王成喜、张道兴、李燕的绘画，还有两幅清初绢本的《玉皇大帝》和《十全老人》。这两幅古画中的人物古色古香，画面四周的云朵曲线咬合、直线飘逸，天宫浩渺，纤尘不染，严谨肃穆，生机盎然。已展出的书画不一定是名家的精品。名家的精品现在摆出来似乎有一定的难度。应当说北京古玩城书画艺术世界里不乏名家精品或古典名画，据说平时出售精品书画的途径之一是通过拍卖会或友人牵线搭桥在私下里成交，公开摆卖的很少，以至几乎没有公开摆卖成功的先例。这可能与人们对书画的真伪一时难以辨认有关，与人们对书画真伪的敏感程度有关，也与北京古玩城书画艺术世界刚刚营业不到一年，尚不为更多人所知所信有关。如果把整个中国的所有书画看成是一个世界，那么您不能否认这个世界里不是尽朝晖；如果把整个北京城里的书画看成是一个世界，那么您也不能否认这个世界里不是尽朝晖；同样，把北京古玩城里收藏和展销的书画看成是一个世界，那么您同样也不能否认这个世界里不是尽朝晖。即便如是说，也不能承认目前北京古玩城书画艺术世界里已是精品荟萃了，也不能说这里是名副其实的书画精品世界了。事实表明，自书画艺术世界开业以来，店家面貌渐变，店里人气渐长，不但越来越多的普通书画爱好者在这里徜徉，而且越来越多的像靳尚谊、李光羲、王刚等知名人士也到这里观赏。光顾这里的各个层次的书画家和书画爱好者，都希望书画艺术世界尽早成熟起来，尽早从现在的中低档书画品位和价位上升到中高档或高档那样的层次。随着春秋两季拍卖会的接连举行和周末小拍的日益红火，人们对书画保真程度的逐浪高的追求，以及拍品来龙去脉的由暗转明的渠道大白于天下，人们会把购买书画精品的目光校正到书画艺术世界里来，书画交易热闹的广大的市场会回归到专门或专业销售书画的殿堂里，回到书画艺术世界里。毋庸置疑，现在的精品书画是分流了，博览会的四个会场在客观上已把古玩书画艺术品分流了。至于平时，人为的力量也不能把书画或书画精品集中于一域，到处都有需求，到处也都有市场。市场发展的规律必然会出现这种局面，即相对集中的书画市场或书画世界将脱颖而出，到那时，人们淘宝书画的集散地，我相信首选是北京古玩城书画艺术世界。现借博览会开幕之际，赠君一言辨真伪，书画世界尽朝晖。

2005年10月5日 北京

层岩出秀水

我们乘坐旅游面包车在贵阳和凯里连绵起伏的群山中的高速公路上奔跑，这里不能用“奔驰”一词，因为贵州的高速公路弯弯曲曲、上坡下岭，多处限速，跑不起来，人在车里坐，车在雾中行，车的一侧是高山峭壁，另一侧则是悬崖深渊，即使车在奔跑，也令人惊骇不已，唯恐车速太快，转不过弯来，冲下山崖！

正在担心害怕之际，突然眼前一亮，一只蝈蝈出现在我的面前，它停在前排座位后背的垫布上，不再移动。我赶忙掏出数码相机，按下特写开关，将它拍摄下来。也许它知道我在拍照，便开始缓缓转动身体：一侧、正面、前头、后尾、上下、爪须……让我拍个够，这时我才发现它不同于中国北方地区的蝈蝈之处，是那一身宽大而又合体的衣袍——逼真的绿叶，有叶脉，叶脉之间散布着大小不等的浅黄色斑点。如果这片绿叶混在植被茂盛的贵州山野之中，任凭怎样敏锐的眼神也是辨别不出它来的。我拍完照，静静地打量蝈蝈这身绿叶，简直被迷惑住了，这哪里是昆虫呀，本来就是一片名副其实的绿叶嘛！

当车停在加油站，大家下来透透气、解解手时，我又有新的发现：一只展开双翅的黄褐色飞蛾在台阶上一动不动，起初我以为是一片枯叶，仔细一看，才确信它是昆虫。于是我又拍照，无论我怎么照它，它都不为所动。是不是善于伪装的动物，都很少活动，取静止状态？的确，树叶怎么能动来动去？它们用寻常色彩来装扮自己，“混同普通老百姓”，不显山，不露水，怕的正是引人注目。而它们的形象即造型，看上去极平常，实则经过日积月累的精心打造，几欲乱真，有极大的蒙蔽性和欺骗性。除了形、色外，它们还有自我保护的另一个绝招，那就是不张扬，不声不响，悄无声息，不打扰人。

我们在游览安顺黄果树瀑布附近的天星桥景观时，多次发现紫红色的蜻蜓牢牢地抓住山岩，同黎青色的岩石形成鲜明的对照，点石成“金”。有一次我立即抓拍，幸好一切都是安静的，长满苔藓的岩石是静静的，岩石周围的秀水是静静的，而岩石上头的略微倾斜下身和翅膀的蜻蜓也是静静的，唯独我在手忙脚乱，动中取静。在大自然里，小小的默默的昆虫们都知道如何巧妙地保护自己，以适应周围多变的生存环境，不断地延续发展自己，何况人乎？

沿途，我们看见的村村寨寨，房屋大不一样。木板房偏旧，历经几十年风吹雨打的样子，上面门窗左右张贴的对子格外醒目：红底，金字，平行。木板房前后附近夹杂着石砌的屋子，显然是近些年建筑的。是不是早些年间可以采伐山上的树木，而后封山造林，只好就地取材，用唾手可得的岩石来盖房？再过若干年，石头取用得差不多了，到那时，人们会造材，从取之自然到创之人为，可能是必然之路。无论是旧木板房还是新岩石屋，都被块块乌瓦覆盖或薄薄白石遮蔽。我看了又看，房瓦与房瓦之间没有黏合剂，是一块一块压上去的，虽不甚整齐，但却严丝合缝，不会漏雨渗水；我瞧了又瞧，大小参差的灰白石片，厚度没有什么区别，大都寸许，它们看上去杂乱无章，其实也像房瓦那样有序地一块压着一块，中间上下左右也没有黏合剂，把整个房顶防护得严严实实，既挡阳光，又防雨水。这里的人们就地取材，因材施建，却也安居舒适。

看来瞧去，道路两旁、河岸山间的房屋给我留下最难忘的印象是众多喜庆的对联和整齐有序的瓦石。我不禁为之感动，世世代代生活在高山上的苗、侗等少数民族，他们是多么的乐观，寄希望于未来，同时，他们又是多么的简朴，从实用出发，环环交接，丝丝入扣，没有多余的繁琐和修饰。他们自然并有趣地生生不息地立足于天地之间，同那里的山山水水融为一体，成为那里瑰丽风光的一景。

游山玩水有时没有什么具体目的，尤其是集体活动，跟着走就是了。在天星桥的路上，走着走着，有了发现：

狭窄的路径两侧，呈现出许许多多粗细曲直迥异的树根，它们来无影去无踪地攀附在崖壁上，贴得那么紧，一点儿缝隙都没有，真的是针插不进，水泼不进，风吹不进，与之合为一体，难分难解。根须之密布是一大特色。在陡峭的岩壁上立足，根须稀少就会经不住风风雨雨的打击，也撑不住高大繁茂的身躯，加之其他植物或动物的缠绕。因此，我理解它们根须不是树枝胜似树枝的群居和散布开来的深远意义。于是，我不再关注别的诸如高高的仙人掌，翠翠的岩石藓，红红的大蜻蜓等景观，而一门心思盯着岩缝石间的树根，不假思索地拍照，几乎没有什么可以舍弃的个性，都那么特立独行，神奇非凡。如果冷不丁瞧那根部，就会让人以为它是正在小憩的鳄鱼，莽莽苍苍，肥肥硕硕，亦会以为几只巨鸟的秀腿在媲美。它们沿着山势生长，与岩石紧紧拥抱，你中有我，我中有你，不分彼此，是比树干还要粗壮的树根给我留下的又一深刻印象。几十年里，走南闯北，在我游览过的崇山峻岭中，从没有这样让我着迷的树根，它们的生命力极强，形象千姿百态，虽然这时在我身边一字长蛇阵行进着的都是来自全国各地的游客，但是却不能不使我想起这里众多少数民族的顽强、坚韧和聪慧的形象。他们是这大山里的树根：无污染，纯朴、健美、自由；有活力，不放过任何细微的机遇，时时刻刻扎根于深层之中；颀长的树根，或越岩似蛇行，或攀岩像藤绕，或附岩如溪流，比树干还要悠长的树根象征他们世代繁衍生息的景致。

我以为最能代表贵州天地人景观的是黄果树瀑布。黄果树瀑布位于安顺境内，瀑宽和落差都近百米，十分壮观。久闻其名，今得见其容，确实很兴奋。当我们快要接近它时，流水哗哗之声已入耳；快要看见它时，细密的雨雾早已扑面而来，透过繁枝密叶的有限空隙，终于可以瞥见那飞流直下的气势了。当我真的面对黄果树瀑布时，第一感觉是它同我见过的画册上的摄影作品是一样的，不过，画册上的摄影作品是不动的，而我眼前的景观在动。这不停地奔腾而下的宏大瀑水，不能不让我生发出些许联想以至有所思考。

我仰望着两山之间、蓝天白云之下不息涌动的瀑水，马上想到李白的诗句："黄河之水天上来！"接着又一想，直观看去，汹涌的瀑水毕竟是在岩石上流淌着，没有同天空发生任何联系。站在瀑布对面的高坡上，可以望见瀑布顶上远处落差较小的水流匆匆而来。它们是从远方汇聚来的，是从更高的郁郁葱葱的石山上辗转下来，是从盘缠着扎根着数也数不清的各种各样树根的大山里千辛万苦地奔涌而来，是从居住着几十个少数民族的村村寨寨的山麓上的羊肠小道集合而来，那里，雨水丰沛，十万大山的贵州“天无三日晴”，点点滴滴，股股流流，涓涓汩汩，千溪万河，一路奔来，积累成气势，团结有力量。正如片石孤瓦，如何遮风挡雨？一滴水是微不足道的，千千万万滴水集合在一起，拧成一股流，谁还敢轻视？渺小是自弃造成的，咎由自取；而伟大是汇集成的。

最近我看《益寿文摘报》上刊登一条报道：南非默科·特莫今年132岁，她的身份文件表明她出生于1874年7月4日，是当今也可能是有史以来“最长寿女性”。岁月伴随着她，一天天走向“寿星”。一个人要成为“寿星”，是要一秒一分一时一日一月一年地积累，而后才能成为“最老寿星”。积累不只是数量的增加，达到一定数量以后就会发生飞跃和质变，从一种性质升华为另一种性质。积累在其过程中就是渐变、升华。那片石孤瓦在向上有序地堆积时，其实是在升华中；那细须孤枝在向岩缝里延展时，其实也是在升华中。今天的《竞报》上一篇短文从《百家讲坛》聊到《万历十五年》，这类为历史普及服务的种种传播形式已持续了一些年，“其积累的结果是由国家电视台的一档制作认真的节目完成了最后的井喷”。对此，我有同感。什么事物是突然发生的？好像没有。一朝分娩，尚且十月怀胎。飞流直下的黄果树瀑布，如果没有众多高山上一滴滴雨水的聚拢，是不能升华为亚洲第一大瀑布的；如果高山舍弃从地平线以下崛起的每一块层岩，那么它又如何能成其为高山，并且又如何能为黄果树瀑布齐聚来流淌不息的雨水？

直白地说，黄果树瀑布是层岩出秀水的杰作，是积累、落差、刚柔并济相互依存发展变化的矛盾统一体的“井喷”。

顺着洁白无瑕的长长的瀑水一直向上望去，湛蓝的空中，浮荡着簇簇白云，如棉花堆积，像群山崛起，似万马奔腾。

滚滚涌来的倒海翻江卷巨澜一般的白云，同闻名中外的黄果树大瀑布连接并融合在一起。

（原载2006年第4期《运河》）

中国边疆暨都市社区文化建设遐思

中国经济迅猛发展，必然牵动文化建设，而文化建设又将有力地影响经济建设，两者相辅相成的互动关系，如同内地都市文化同边疆城乡文化的关系一样。作为中国现代文化建设组成部分的边疆文化建设，不但关系国家繁荣富强，人民大众安康生息，而且益于睦邻友好、边境安宁，事关全局。

打个比喻，如果都市文化是主力部队，那么边疆文化则是偏师，而偏师并不一定只起辅助作用，往往是奇兵一旅，像纳西族文化，不是紧紧地吸引游客，在国内外有较大的影响吗？

我是黑龙江人，出生在东北虎出没的森林里，生长在矸石山矗立的连绵起伏的峻岭之上，长期厮混在所谓文化艺术工作领域里，对边疆文化建设情有独钟，常常萦怀于心。苏轼说："不识庐山真面目，只缘身在此山中。"我从边陲来到首都以后，对边疆文化建设比较敏感，比如哈尔滨从二十世纪八十年代开始创办的一年一度的冰雪文化节，冰雕比赛，通过冰铸雪塑来创造东北独特的冰雪文化，弘扬中华民族的传统文化，同其他国家的民族文化进行交流、切磋，以丰富和活跃全国的旅游文化生活。每当这时，我心里也跟着崛起一座座冰雕，一片片雪原，对圣洁的雪花既怀念又向往，后悔身临其境时竟然熟视无睹，不以为然，不谙其事，而当我远离它时，才意识到雪花的独特和可贵，以至其不可替代性。想不到家乡人把玩轻盈的“六出奇花”（金·完颜亮《念奴娇·天丁震怒》）竟能作出如此精妙的高雅文化艺术，上天慷慨赐给人们的飘飘洒洒的的雪花原来是可口可乐的馅饼！

边疆文化是地域文化，有别于内地文化。无论是谁，都诞生在地域文化的摇篮里。只不过从事文化艺术的人，从不自觉地感触并逐渐融入地域文化到自觉地融入并有意去提炼地域文化，以及对其他地域文化从不适应到适应，融入进去并进而予以提炼之，要经过一个曲折、艰辛的过程。在或短暂或漫长的融入、适应和提炼的过程中，从事专业或职业的文化艺术工作者，对各种地域文化包括边疆文化，始终都是敏感的，执着的，认真的。在当代，只有走遍天下，对国内外各种地域文化都比较熟稔，像李白、杜甫那样读万卷书、行万里路，才有可能成为优秀的文化艺术工作者或卓越的文人。而攀登上文化艺术的巅峰，则必须始于地域文化。从这个意义上看地域文化或边疆文化学术研讨会，其意义是不言而喻的，它不啻是从高雅的角度捕捉学术契机的一次集训。

透过冷冽的冰天雪地以及浩翰的林海雪原，让我想到东北绚丽多彩的令人迷醉的五花山。五花山像冰雪一样是北方独有的自然景观。它不是某一座山峰，也不是某一处山峰的称呼，而是中国古老的千山万岭中遍布植被的以树木为主的经霜后五颜六色、红红火火的一群又一群山岚。北方山区是五花山的胜地，那里因拥有神奇的五花山而成为一年中硕果累累的丰收季节里最可人的地方。二十一世纪以来北方许多城市和旅游公司组织各种各样的秋游活动，纷纷打出五花山品牌，集观赏、采摘、登山于一身，正是看中了五花山旅游文化蕴藏着的审美价值。五花山旅游文化成了中国北方地区继冰雪旅游文化之后又一文化活动的亮点。如果说冰雪文化是冬季里开展的项目，五花山文化则是秋季里开展的项目，那么北方边疆在春季和夏季里开展什么样大规模的群众性的带有时序性质的文化项目呢？这是一个有意思的话题，有待探讨。

这里我想说，北方边疆文化建设同全国各地的文化建设有共性的一面，因地制宜，就地取材，以及在“借”字上大做文章。

“上有天堂，下有苏杭。”杭州是一座花园城市，西湖园林是花园里的花园，西湖十景中的“三潭印月”是“湖中有岛，岛中有湖”，到了月朗之夜，月光、烛光和湖光“三光”共耀。以西湖为中心的杭州园林建设，在南宋大兴土木时的理念似可用“三借”来概括，即借山、借水、借势。一个“借”字把天堂搬到人间，其美妙在于自然、协调和浑然一体以及历久恒远。

中国历史文化名城绍兴，山川毓秀，人文荟萃，名产、名士、名胜是边疆地区不能比拟的；如果说杭州以山水胜出，那么绍兴则以人文鼎盛；不论边疆还是内地，都有自己的优长，都需要扬长避短，取长补短。比如古称琼崖或琼州的中国面积最大的省——海南省的海南岛，地处南海之中，是中国著名的侨乡之地，那里的边疆文化建设少不了要借重并发挥“侨”字优势。

北京经常举办文化艺术博览会，几年前，在一次规模并不很大的博览会上，让我羡慕和深思以及惋惜不已的是边雕刻边展销的石质艺术品，所有的原材料都是煤矸石。他们运用手中微型简易的磨具和刻刀，竟然雕刻出让人一看就会喜爱的精美工艺品，真正是化废为宝。事在人为，许多事情，缺乏条件不要紧，要紧的是去创造条件，去借取，像《三国演义》里描写的赤壁之战，缺乏箭矢，一个草船借箭就解决问题了，突出一个“借”字；据说史实不是那么回事，好像没有发生过“草船借箭”，那么这个故事是不是小说作者受到“借风使船”“借水行舟”等成语的影响，或是与之有关的“借题发挥”？成语中还有“借端生事”，一般视为贬意，我们不妨从褒意角度来看，凭借某一事端、倾向或苗头，有目的地去找事生是，岂不更好？“借”字是常用的，比如“借光”“借住”“借口”“借贷”“借调”“借书”，等等，尤其是“借书”这种古今绵绵不绝的现象，反映出有的读书人非借者则不能用心读也。不过，这里我说的“借”字，是着眼于“凭借”和“依靠”之义，即就地取材、挖掘自身潜能。

实际“借取”或“借助”这一思想行为是中华民族的传统智慧之一，也是传统文化之一。《易・系辞下》里指出上古结绳而治，那时没有文字，人们相互沟通交流需要借助于绳索打结。绳索打结也是一种借取。当时生产离不开绳索，并且常常在上面打结，这是日常生产、生活的普遍现象。用什么样的绳索，打什么样的结，打在什么部位上，打多少结，都标志并意味着什么。随着人类文明的进取，结绳不足以传情达意，于是人们把目光投向四面八方，寻觅更能满足需求的借取。借取也有不同的层次、级别和性质，因而也有不同的价值和意义。之后有人仰观于天，俯察于地，中视鸟兽之纹理，并且“近取诸身，远取诸物”，始创最初的表意符号以至象形文字，从而取代了结绳记事。我们的祖先通过借取身边的事物，把自然景观转变为人文景观，也就是说凭借和依靠自身的智慧、力所能及的资源，改变了世界，改变了生存，改变了面貌，不能不让我们深长思之。我们继承传统，弘扬传统文化，也可从借取这个层面来认识。

中国现在提倡自主知识产权，鼓励创意产业。刚刚举行的北京第九届科博会上，创意产业是最受关注的。对于“文化创意产业”，2006年5月26日《法制晚报》是这样解释的：它“是基于文化资源积累和科学技术发展等领域结合的产业”。而中国到处都具备发展文化创意产业的空间和实力。宋德胤教授创意召开的“中国·友谊·边疆文化学术研讨会”，本身就是文化创意活动，是继“中国·集贤·地域文化与作家学术研讨会”之后的又一次文化创意活动，这样的文化创意活动搞下去，每年一次，每次一个课题，不但能够带动一个县的文化建设，而且影响并波及全国各地。年年搞下去，控制规模，准备充分，不断沉淀，逐步提高，就会形成气候，从文化创意活动转化为文化创意产业。

据统计，目前世界创意产业创造的产值每天以百分之五的速度递增，在各国国内生产总值中的比值越来越高。“国际上把创意产业分为软件、数码、设计、广告等十三个行业。”我祝愿并相信，宋教授创意组织的文化学术研讨会会逐渐形成一个系统工程，同时期待下一个课题能够如期而至。从与会人员来看，本地占一定比例，上一届与会人员在下一届里也占一定比例，而大部分是全国各地的专家、学者或有关专业人员，这就是借人借势，集思广益，既有地域的特色，又有全国的性质，对活跃、促进中国文化学术活动大有裨益。

这里仍以煤城的煤矸石为例，一座座呈立体三角形锥体的矸石山应说是人造的山峰，不是自然形成的，即使它的主要元素都是天然的矸石，可是它毕竟是人造的，是人文之山，亦可以说是自然人文之山。矿工们冒着生命危险把埋藏在八百米深处亿万年前的默默无闻的顽石请到人世间，难道只是让它们日以继夜地呆呆地任凭风吹雨打地分化为泥土吗？这里，我的意思不仅仅是想说利用矸石来发电、造肥和制作工艺品，而是想说“近取诸身，远取诸物”，把传统文化与现代科技结合起来，充分并合理利用身边的资源或得天独厚的条件，可以干出许多有意义的事情，问题在于是否不断地借取，是否持之以恒地借重。

上个世纪三十年代初，毛主席在《蝶恋花》一词中的“偏师借重黄公略”，强调的是“借重”，不仅凭借和依靠自己的本事，而且要借用别人的力量。

“借用”应含有三层意蕴：一是暂时借用或租用他人的力量，二是暂时把自己有利于他人的条件让人家借用或租用，三是兼有前两者的情形，同时又将其融会贯通于一体之中。这里的“借重”，几无谦敬之意，就是“借用”，更多的是重视外界的因素，由是促使事物的力量和性质发生转化，偏师也会成为主力，边疆文化建设也不会低于或弱势于内地文化建设。

内地都市里的文化建设，引人注意的正在崛起和形成的是社区文化建设。

人们居住在一个又一个小区里，相对来说，一个小区几十栋楼房甚至上百栋楼房，像我居住的西马庄园里已耸立起七八十栋六层或更高层的楼房，而望京地区，简直是水泥钢筋的森林，放眼望去，到处是楼群，生活在几百栋楼房密集的小区里，实际上已不是小区而是大区，是一个不可小觑的社会群体。相对于整个都市文化建设来说，各个大小不等的都市郊区里的社区文化建设不过是都市文化建设里的“边疆文化建设”而已，虽然它是都市文化建设的一部分。因此，内地都市文化建设要汲取并借鉴边疆文化建设的经验和做法，同理，边疆文化建设也可能或需要借鉴都市里社区文化建设的经验和做法。借鉴是一种借用或借取，低成本的借用或借取，取得的效果却是高额的，难以估量的。

北京的区县里有个画家村，那就是通州区的宋庄，男男女女老老少少的画家早期主要是来自于圆明园附近的画家群体，他们是从全国各地来京跃跃欲试的年轻的职业艺术工作者，可以想见，他们比较勤奋，不怕吃苦，是现代派画风的实践者和探索者，有的已取得一定的成就，小有名气，大多尚处在默默无闻的埋头苦干之中。中央电视台以及有关传播媒体和载体多次报道过宋庄，都是从画家村这个角度着眼的。不管怎样，人们一提起宋庄，就认为那里是画家村。宋庄在中国二十和二十一世纪交替之际，摇身一变，成为都市里社区文化建设的一个模式。以通州为例，类似这样的模式还有高碑店，那里不是初具规模，而是已经成熟的远近闻名的中国古典家具集散地，明式的，清代的，明清之际的，应有尽有。前年我到宋庄那里去看过几处，印象是大而空，像小苗儿面对大地和蓝天一样。据说，国内外的收藏家也有光顾那里的，当然，说不定过了若干年，那里会冒出来本世纪的大艺术家。在北京的区县里尚未听说有像宋庄这样集聚如此多的国、油、版、雕等各个种类的艺术工作者的地方，宋庄那里已建设或正在建设一些宽敞的画廊和较大的画室。通州的文化建设借助于京杭大运河而立，也借助于像宋庄画家村、台湖国画院和高碑店古典家具城这样的一张张有特色的名牌儿而立。通州文联的友人说，据不完全统计，通州至少有成千上万个艺术家及其家属，其中闻名国内外的大艺术家也是历历可数的，并且陆陆续续在增多，有聚堆的倾向。艺术家们往这里聚堆，可能有借势之意，借势之意不可忽视。

说到边疆文化建设，我认为现在是借势的好时机，国家重视文化建设，包括重视边疆文化建设，因此，可以说“边疆借重大战略”，正当其时，即借重国家的战略安排和各项方针政策，立足于充分挖掘利用本地资源的角度，立足于具有地域特色的自主知识产权的创意，立足于现代科技和改革开放的大好机遇开发尽可能多的项目，边疆文化建设一定会呈现出新局面，并有助于本地的经济建设以及方方面面的事业。

有一点值得提及，就是地方党政主要负责人对文化艺术的修养和兴趣，在一定程度上直接或间接地影响并作用于地域文化建设包括边疆文化建设事业。2006年3月，全国“两会”期间，我应邀陪同全国人大代表、鸡西市人大常委会主任张文树参观北京古玩书画城，在整个参观浏览过程中，让我感触最深的，不是张文树日积月累的严谨细腻的对书画文物的深厚修养和浓厚兴趣，而是他在安排繁忙政务中，紧张日程里，把文化艺术活动放在举足轻重的位置上。他身边的工作人员告诉我，张文树从任市委书记到市人大主任以来，把全市的文化艺术事业始终放在心上，不但找路子借势组建起鸡西市书画院，而且平素里借机过问并帮助该院发展、壮大，许多文化艺术工作者看在眼里，记在心里，为之振奋；我作为家乡的业内同仁，耳濡目染受感动，心潮迭起逐浪高。

自古以来，从借取到借鉴再到借重，前人已为我们开辟出可望而又可即的途径，虽然不一定是捷径，但它可能是改善处境、弥补不足、成就事业的步步为营、稳扎稳打、水到渠成的途径。以人为本，开发自身能力，就地取材，学习他人长处，借用有关力量，多种因素，有机融合，相互促进，是事物发展进取可供选择的思路，也是地域文化，包括边疆文化建设可供选择的思路。

一旦祖国各地的边疆文化建设包括地域文化建设百花争艳、蓬蓬勃勃地搞起来，拥有悠久和璀璨历史传统的中国文化艺术，就会更加异彩纷呈，芳香宜人。

2006年6月1日 北京

凤林城址陶片分色拾遗

2006年6月上旬，我有幸参加“中国·友谊·边疆文化学术研讨会”，会议期间参观全国重点文物保护单位——凤林城址。

凤林城址位于黑龙江省双鸭山市友谊县成富乡凤林村西南约1.4公里处，七星河的左岸。该城址分若干城区，其第七城是城址中心，近似方形，中国社会科学院考古研究所测定城址出现于公元215年左右，是我国汉魏时期的一座王城，为满族祖先挹娄民族的发源地。该城址的发现打破了“北大荒亘古无人烟”的说法。

我们到第七城区去参观，已一无所见，不过是稀疏树木，起伏土堆，上面覆盖枯枝败叶。巡视城区，遥望田野，令人感念不已：

往昔繁华何处觅，今日苍凉韵味起。

大家兴致不减，都埋首脚下，看看是不是会有新发现。在松软的土壤中，偶有陶片露出一边或一角，陶片虽小，却是弥足珍贵。“有年代参考价值的陶片”是文物，说不定来自一千七百多年前先人的手中。我先是发现别人拣到碎陶片，接着我也发现土中有少量的碎陶片，它们大多居于坡上、坡中和坡下。有坡度的泥土中之所以露出淘片的尖尖角角，是因为雨水冲刷之故。当我意识到这一点之后，拣拾的陶片开始增多，甚至我怀疑这些陶片真的是文物，真的是有年代参考价值的吗？五六十人都有收获，我拣拾的数量居中，已达一百四十多块。

当天回到宾馆，我把陶片放在脸盆里，用水清洗，然后晾晒，包在报纸里，带回北京。一个多月过去了，再不整理，已知的有关情况就会忘得一干二净。今天下决心把它们分类，并直观地找出一些特征。怎么分类呢？大小、厚薄、形状等等特点都不易区分，最明显的是颜色。我按照陶片的颜色及其光华程度区分出六种：

1. 黑色。一面光滑，一面粗糙，从粗糙那面可见白色砂粒、黄土，其密度似砖坯。

2. 棕色。一面粗糙，另一面依稀光滑，不规则块状，数量较少。

3. 黑色。双面光滑，横断面可见粗糙的砂粒或棕色、黑色泥质。其造型有带弧度渐厚的边沿陶片六块。有的陶片局部弧度飞扬之大令人惊异，边沿之弧或外撇或内敛，余者为弧形的局部，光滑与弧度不等，大小厚薄不一，共十七块。

4. 外黑内棕。黑的一面光滑，棕色逊之，三十五块。

5. 双面棕红色。七十二块中有几个又薄又光的，薄如瓷碗，光如肌肤，越细薄越光艳，横断面里未见砂砾。

6. 漆釉色。只有一块陶片。边沿外撇，内面黑红混杂，光彩照人，且有一米粒大小的长方形砂眼；外漆釉为一云形状脱落，可见其漆釉之匀薄。

按色分类可知陶片品种之多，亦可想象城址当年陶器之丰富，城址经济之繁荣，居住人口之众多。该城址遗存的陶片数量之多，令人惊讶。我们几十人仅仅光顾几十分钟，就有成千上万块陶片被发现并被收集起来，至于城址上或城址下还埋藏着多少种陶片，何人知晓，如何统计。

我感到，凡是去参观的人，可以拣拾陶片，但是应把发现并拣拾的一切东西包括陶片都要毫无保留地无条件地送交给有关文物单位，不能带走，不要人为地使之流失，以致不利于考古发掘及其学术研究。

我想，无论这些陶片有无年代参考价值，它们毕竟来自凤林城址，属于该遗址，属于遗址考古发掘文物，因此，希望有机会把我手中这些陶片奉送给凤林城址考古单位收藏和保存。

我的点点拾遗和区区分色，仅仅是对凤林城址的一点崇敬之意，对挹娄先人的一缕怀念之情，对我塞北之行的一捧小结之举。

2006年7月28日　北京

华君武的顾问

她微笑着，静静地靠在沙发上，安祥而舒适，腰板直直的。

从腰板挺直的程度上，可以看出这位老人倔强的性格和独立自主的能力以及鲜明的原则性。

从她眯眯地处在兴奋状态的眼神里，可以看出这位老人善于思考，有自己的见解，随时随地承担顾问使命的警醒和专注。

她是华君武老伴，华君武任命为顾问的人。

中国美术馆刘林邀我9时在钓鱼台东侧的13路站点那里集合，我赶到时，他与同事裔萼早在路旁寻望我。

我们穿过两名战士一左一右守卫的三里河南沙沟大门。大门里面就是部长级住宅楼，看上去楼不太高，但外观比较新颖，楼与楼之间的绿化带把整个小区环境勾画得宜人且幽静。

我们迈进一栋楼1单元，便感到楼阶不同于普通住宅楼，有点大宾馆的味道。阶沿用闪亮的黄铜包裹着，阶蹬是彩色的，楼道里静悄悄的，光洁洁的，没有堆放任何杂物。

华君武所在居室前，摆着一盆一人多高的木本花，叶片不多，亭亭玉立，象征居室主人不同凡响。

走进室内，最初的感觉是整洁，尤其那清澈而满是活力的鱼缸，看一眼便有些醉意：生活是如此惬意。

已八十五岁的华老同老伴坐在沙发上等我们，我们来访是事先沟通好的。

华老站起来，欢迎我们。

刘林把我介绍给华老。

华老手掌温柔，像他的容颜一样，给人以富贵的平和。

华老问了裔萼的名字，并对她的特殊名字感兴趣。

我们围着一个圆桌坐下来，顾问不肯过来就坐，仍坐在沙发里，瞧着我们，眯眯的。

看着她的相貌，我感到亲切和熟悉，好像在哪儿见过，一点儿不陌生。

可是，我从记忆里又搜寻不出来以往的故事。

“你给我当顾问。”

华君武轻轻地柔柔地说，显然是在同老伴幽默。

桌上摆的陈旧照片相册表明，今天刘林和裔萼要同华老研究华老一生的留影，哪些选进书里，选进书里的照片又怎样撰写说明。

顾问说，前不久华老住院期间，她自个儿整理一下照片，有些说明写出来了，而有些怎么也弄不明白。

她说，拍照时，未能及时写出照片说明，事后过了几十年，想不起来了。

华君武出院以后，他把顾问写不出来的说明补充上了。

现在看，照片都在这里，说明也齐全了。

顾问功不可没的贡献令人感动，华老的许多事情是离不开顾问的。

我的任务是向华老汇报并听取他对《华君武》一书装帧设计的意见。

我是该书责编并负责装帧设计。

这本书是华老一生的总结，分量很重。也可以说是中国现代漫画和二十世纪下半叶中国漫画史的一个缩影。

华老笑眯眯地听我汇报。

“说汇报不敢当，我有点受宠若惊，咱们一起商量……”

我先从封面设计说起。

“封面不要弄得花里胡哨的。”我把总的原则说出来，然后具体说：白底、彩色照片、红色书名……

“你们人美社还是老一套，喜欢用红色的。”华老显然对美术设计早有成见。

“华老，选用红色是象征您从延安走出来的。”

“延安？不从延安走出来的就用黑色、白色或黄色？”华老立刻端起刺刀向我冲击。

后来，他说，我不管，用什么颜色你们说的算。

顾问坐在那里一直在听，注视我们。

“书名的字体就用您的手迹。”

“倒不一定，也可用书体，最好丛书有统一风格。”

华老不在意用什么体，但用什么体他也有自己的看法，“也可以请书法家来题写，”

这时，顾问插话：“我看你华君武出书还是不用你的手迹为好，哪有自己为自己写书名的？自题，合适吗？”

“哎，你是顾问，你的意见供我们参考，不要强迫我们接受。不要忘了，你的顾问是我任命的。”

华老稍稍侧转一下身子，提醒老伴。

老伴便不再言语。

华老的表情非常冷峻，有点神圣。

可是，书名用什么体，一直定不下来。

华老一个意见，顾问一个意见，我又坚持一个意见，各说各的理由，相持不下。

最后，我说，我们回去再研究一下。

顾问反复几次强调不要用华老的字迹，华老一边阻止顾问坚持己见，一边说，再研究，你们看着办。

至于封面用不用华老的形象，他倒建议封面要朴朴素素，放上照片有喧宾夺主之嫌，不如干脆竖起书名，把照片放在封底。

华老起身进里屋去翻找一本刚出版的新书，也是一位名人的书，封面像卡通片子，花红柳绿的。

华老说，这怎么行，缺乏学术品位，也不严肃。

他又找来罗工柳的一本新书，封面色调低沉，主题不鲜明。

他说，也不要这样。

回到社里，我同刘浦生研究封面，他说光有名字太素，不如把照片降调铺底，灰网状，倒比较好。书名用枣红色，沉着些。

我认为这个方案可行。

顾问起来为我倒水，刘林马上站起来说："我来，我来，"

这时，我才感到让八十多岁的老人为比她小三十来岁的人倒水，是不妥当的。

但我已毕恭毕敬地捧了过来。

茶水在盛夏季节里确实可以消暑。

顾问笑着边向空调走去边要打开空调，刘林予以婉谢："不热，不热，不用开，不用开，"

我也劝阻顾问："的确不热，不用开，"

顾问止住脚步，仍然眯眯地微笑着。

华老说："待会儿再说，待会儿再说，"

顾问便退回原座。

待会儿，她到里屋拿出一盒中药丸，独自慢慢服用。

在探讨内文字号时，我们都认为4号字太大，5号字即可。

"4号字是老年书，"顾问也说，"4号字不但太大，而且页数会更多，书更厚，太沉，没法子翻看。"

忘记议论什么问题时，华老再次批评并否定顾问的意见，同时提醒她不要忘了自己的顾问身份。

看得出来，华老总在监管着顾问，态度严肃，权威十足。

议到该书以文字为主还是以华老的漫画作品为主时，华老同顾问发生空前激烈的大战。

顾问说："这本书是人家评论你的作品，与作品有关的可以上，其他的就没有必要上，况且你都有作品集出版了。"

华老则认为："不见得，配合文字是要上漫画作品的，不配合文字的漫画作品也要上，他是我一生作品选的集合，比较系统，便于读者研究。"

这一次，华老以排山倒海之势，彻底把顾问提意见的气势压了下去，我们在一旁为华老欢呼助威并摇旗呐喊。

漫画是应该尽量多放进书里一些，这样可以看出华老作品风格演变的阶段性。

一幅反映"一二·九"运动的漫画，是头一次发表，在这以前好像未见诸报刊，尤其是建国以来的报刊。

离开华老家前，像是赠言，又像是针对我，华老说了现在文艺界里的三种现象，“算是我在发牢骚吧”：一是宣传外国画家比宣传中国画家起劲，比如宣传达利的画展；二是不懂美术的人搞美术并评论美术，而懂美术的人倒不插手，比如这次达利画展，懂美术的人不出面，作品的说明都让人不明白；三是有的美术刊物登的是什么东西，大家对此早有意见了……

种种迹象表明，华老虽然坐在家里，但心却在社会上忙活着。他的看法和想法代表了大多数人的意见，我也有同感。

我们告辞时，华老欲起身相送，被我制止住，但是，顾问非得送我们不可。

华老还是起身了，缓缓到里屋取出一张名片，正面上书“华君武”，硬笔，竖写，一行电话号码，背面是英文，此外别无一字。

趁华老找名片时，我把名片递给顾问。

顾问说：“你的名字好记，唔，有了。”

她发现茶几上有张我先已送给华老的名片，便把手中的名片还给我。

从华老俭朴的名片上，我再次意识，人到了老年，不事喧嚷，不爱繁华，要的是实实在在，干干净净，朴朴素素，自自然然，顺顺当当，安安静静。

顾问一直把我们送到居室门外，微笑着。

我对华君武老伴宋琦说的最后一句话，是悄悄的低低的：“顾问也不好当。”

2006年8月

“三捂”与“三紧”

今年冬季，北京地区患感冒的人好像多于往年，有朋友问我，天气冷凉，如何保暖？我便把自己以往常年生活在黑龙江的经验告诉她：“三捂”和“三紧”。

唔，你说说看。

看来她有兴趣，我就和盘托出地絮叨了切身感受。

俗话说“病从口入”，“口”在这里不指嘴巴，而是“空隙”“缝儿”。冷风会从头开始袭人，头上散发的热气瞬间会被吹走，因此，戴上帽子，捂住热气，不让凉风进来，这就是“一捂”。“捂”是遮盖，遮住或盖严的意思。

那么“二捂”呢？

捂手。手是人身上大散热片，把手保暖好至关重要。小时候，我没戴好手套，手都冻坏了，落下疤痕。不知道您注意到没有，冬泳者可以在冷凛的寒风中待上个把小时，条件之一是必须戴上棉手套。

所谓第三个“捂”，就是穿上棉鞋、厚袜子，别把脚冻着。冻脚的滋味实在难忍，像猫咬似的，站也不是，坐也不是，真正坐立不安，神不守舍。

那么“三紧”是怎么回事？

“紧”是约束，还有贴切和舒适之意。“三紧”同“三捂”是关联的。

“一紧”就是把脖子管住。大家都注意使用围巾，可是也有人不大在意，领口敞着，扣子不系，或拉链不到位，体内的热气冲散出来，冷气随后窜进去，能不冷?!

“二紧”就是把袖口管住。袖口怎么紧？您说呢？严实一点呗，紧成一些吧。对嘛。

“三紧”就是把脚脖管住。保暖不在穿得多穿得厚，在于穿戴得严实或严谨。

照你这么说，“三捂”和“三紧”倒是有点意思，我不是不知道，问题是没这么总结和概括过，你这样一讲，我倒印象深刻了，不但好记，而且听了之后，好像浑身上下热乎多了。

是的，您的感受是正常的：要想身上不冷，首先要心里热，心热身不冷，心理作用同样很重要。其实，真想保暖防寒，对于个人自身来讲，不仅要讲究“三捂”和“三紧”以及“一热”，而且要讲究严谨。“严谨”一词与工作作风和做人处事有关，也与穿戴有关。其要害是从里到外的穿戴都要合体，以至“严丝合缝”，不留口子或“层面”，您明白吧？

我看你穿得不多，怎么不显得冷？

哦，我穿得不少了，您看：单是上面就有五层，最里面的是保暖内衣，接着是绒衣，然后是毛坎肩儿和皮坎肩儿，最外面的是夹衣。层层紧贴，捂得严严实实，再说了，我有一颗火热的心，天气越冷，哈出的热气越多，体内仿佛有台蒸汽机或一台小锅炉。

友人不禁哈哈乐起来。

我们都把室外的严寒置诸脑后。

2007年1月31日

（原载2007年2月4日《北京晚报》）

甩了又甩

夏初的一天下午，行至崇文门东南角公共卫生间，掀起一条叠一条的透明塑料宽门帘，我走近洗手池，习惯性地先洗手，然后再步入卫生间里。

洗手池一排水龙头，只要双手置于水龙头下，稍顷，凉水便自动流出来。伸手前，我总要接一点儿洗涤剂，油脂的双手才能洗去油污。我注意到，绝大多数人进卫生间里，方便完了才到洗手池前洗手，而我比他们多了一道程序，似乎尚未发现有同我一样做法的人。

不过，当我站在小便池前方便时，却意外地发现一位中年人独特的做法，他比别人多一道程序，即甩了又甩。

先说“甩”。

男性小便将完未完之时，往往滴尿，尿水不成溜儿，点点滴滴落下，且越落越稀少。如撒尿者着急，催促其快落下，就自然而然地扶之甩一甩，也不管甩没甩净，甩几下子便松手了，放回原处，系上裤带，转身向洗手池。

我身旁这位老哥却不，不放回原处，这便出现了惊人的一幕：“又甩”。

他姿势基本没变，手该掐着哪儿还掐着哪儿，突然一个转身，不是通常说的华丽转身，而是迅速转身，其动作十分娴熟，大约迈出两三步，贴近门口的墙角，将身子右倾三四十度，左腿高高抬起，左臂呈上扬态势，以迅雷不及掩耳之势，右手掐着那儿使劲地向墙上甩了又甩几下，然后又以迅雷不及掩耳之势，边完成整理工作边走出卫生间。

我愣愣地站在那里，一时半会儿回不过神来：莫非他在模仿犬类，搞行为艺术？抑或他前世就是犬类，托生以后本性难移？

我莫明其妙地赶出来，想打量他几眼；刚才，我只见到他的侧身，壮实的身板，四十大多，五十来岁的样子，衣着普通，动作十分麻利。

还是没有赶上，洗手池前没有别人，我象征性地冲了冲手，甩了甩手上的水滴。

当我掀开门帘走出去时，街上依然人来人往，我附近没有行人，便又下意识地甩了甩手，径直向崇文门东大街走去。

居京已十几年，即使走南闯北，还有阅读书籍，从未发现这一“甩了又甩”现象。

中国有一句歇后语：“倒背手撒尿——谁也不扶（服）谁。”形象、生动，恰到好处，好像是写实，其实是写意。我还真的未见过有倒背手撒尿的人，也许顽童那样。

小学三年级以前，下课时大家纷纷跑向厕所。那时，二十世纪五十年代中期，边陲县城里的小学厕所可想而知：砖砌的，八面敞开，不分大小便池，同学站成一排，你尿三尺远，他尿五尺远。还有不服气的，前凸后仰，将尿水高高扬起，尿它八尺远，青春年少，以示雄强！

我想，前面那句歇后语是纪实而不是想象。据此推断，以前肯定有倒背手撒尿之人，现在难得一见。生活里谁也不服（扶）谁的现象，寻常有。

记得有一次，一个人对另一个人说："行了，别甩了，再甩就甩掉了。"

他们之间非常熟悉，方便之时也忍不住调侃。

我无意之间听了，心里觉得好笑。

这次偶然看见"甩了又甩"之人，甚觉奇怪，故记之。

2009年7月31日

对李白《听蜀僧濬弹琴》的感悟

把书法创作同解析诗词文结合起来，是我学习的一个角度。凡是书法创作都离不开文字素材，即离不开诗词文。书前对素材不明晰，如何驾驭这一载体腾飞？选材先得知材。如同建造优质工程怎么能不选择优质材料？

至于书自作诗词文虽然不能自诩优质，但总归是自产自销，不会掺假，自己放心。

近日书写李白（701—762）《听蜀僧濬弹琴》，聊起深入理解其意的兴趣，便在反复阅读了中央文史研究馆馆长袁行霈向伦敦大学等三所大学孔子学院演讲稿的基础上，又搜集书架上的三个版本，以便参照。一是大学生必读的中科院文研所编写的《唐诗选》，二是喻守真编注的《唐诗三百首详析》，三是陈婉俊补注、蘅塘退士编的《唐诗三百首》。这三个版本其实是注解，同袁先生的讲解不可同语，但有补益。

如何解析李白这首听琴诗，似可读一读李白同一时代的刘长卿《听弹琴》。刘长卿开元二十一年（733）进士，仕途不得志，有《刘随州集》。权德舆赞其“五言长城”，喻守真觉得“并非过誉”。

泠泠七弦上，静听松风寒。

古调虽自爱，今人多不弹。

后两句议论，牵涉国家时势或社会时尚，喻守真以为刘借《松入风》琴调抒发孤高自赏、世少知音之慨。至于听谁弹，弹得怎么样，在何处弹琴，均未提及。弹听二人应为知己知音，不无疑义。

唐代不喜欢古调，反映了当时人对传统的态度。看来，不论哪个时代，时人多是薄古厚今，追慕时尚者众。

未统计全唐诗里有多少首“听”，《唐诗三百首详析》里有若干首“听”，不是古琴，而是胡笳、觱栗、古筝。

大历五年（770）进士李端《听筝》乃玉人邀宠，属于人际关系一类。诗中将三国时谣语“曲有误，周郎顾”翻为“欲得周郎顾，时时误拂弦”，这是古为今用的一个范例。

开元十三年（725）进士李颀写的两首“听”，《听董大弹胡笳兼寄语弄房给事》和《听安万善吹觱栗歌》极尽想象之能事，状其听感，似无寓意。二李之“听”让后人得知唐代乐器种类之多、弹奏之妙。弹奏者不独僧人，不独男士，不独汉人。盛唐音乐之兴盛，有诗为证。

听同一首乐曲，感受因人而异。对唐诗的解析，也是各有所持，不尽相同。古人说“诗无达诂”，实则对任何文本都有不同的训诂和解释。我初识《听蜀僧濬弹琴》，诗里雄伟气势扑面而来。

“蜀国多仙山，峨眉邈难匹。”（李白《登峨眉山》）

“峨眉天下秀。”

高僧居奇峰，飘然西下，仙姿逸态可以想见。当僧人一弹琴，千山万壑松风便涌来，气势震撼。天地间浩然之气，李白通过弹前和弹中的几句描述，如在眼前，形象生动。这种气势在诗里是对人的敬重和推崇。松峰再奇伟也是陪衬人的，人再渺小寻常，其气势却可胜过松峰，故古人创造出“气壮山河”一语，还有“浩然正气”一说。读完这首诗，忽然感觉大好河山之间没有别的事物，只有两位高士，两位高士拥有大好河山。在这一崇高清雅境界里，读者不能不对这两位高士肃然起敬，不能不对唐代这样高雅的知识分子生发景仰之情。

中科院文研所编《唐诗选》注“蜀僧濬”即李白《赠宣州灵源寺仲濬公》中之仲濬公。如同东晋王羲之也为之敬仰的高僧支道林那样的仲濬公非等闲之辈，其殊异之处不仅在弹琴、高谈，而且“风韵逸江左，文章动海隅”。

宣州即今安徽宣城。仲濬公何时从峨眉峰上下来入驻灵源寺？李白何年何月何日同仲濬公再次相遇？

宣州相逢论及的境界超出佛法中之“有无”；无中生有，似有若无，不可执着“有”或“无”；可能“有”“无”之间更为奥妙。他们置身于“云气”“秀色”超迈的境界里高谈阔论。佳境迭出，气势高妙，是《听蜀僧濬弹琴》和《赠宣州灵源寺仲濬公》二首诗的共性。而写人，写人的气质是二首诗的另一共性。前者从时空角度着眼，气势不凡。先是空间的自上而下，从峰顶下来，接着水平概括，由远而近，千山万壑，数不过来的松树。这般描绘上下周围空间，令人惊心动魄。后四句诗的时间是古往今来的，不只是当天，也不只是当年秋季。如果说前四句诗从空间角度写蜀僧龙腾虎跃的涵养，那么后四句诗则从时间上自述诗人博古通今的修炼。

一个时代的气势被弹琴和听琴，被寺僧和诗人烘托出来并感动后人，且传承久远，是唐诗的魅力，也是汉字的魅力，更是中国人的魅力。

后知“客心洗流水，馀响入霜钟”均为用典以形容现实，古今一以贯之，于此可知历朝历代的人，感同身受无太大悬殊。抚今追昔，人之气节最可贵。有了气节，才有气势；拥有气势，何患气节？中国人自古以来秉承天地浩然之气，气节入云。我直觉沈鹏先生壬辰元日自撰联“龙孙吐节存高远，凤羽摩云振大千”是写人，写二十一世纪中国人的气质和形象。

“不觉碧山暮，秋云暗几重?”大有深意，境界殊异。

从山河代表国家来看，寄托忧思是有修养有品位有气魄的人必然生发的心态，也是拥有浩然正气者的气质所在。听琴与忧国没有矛盾，揣摩其种种内在联系、潜意识，这样认识应属无可厚非。我猜测此诗作于安吏之乱（755）前后，之前的可能性更大，之后李白浪迹离蜀越来越远。据《李白与杜甫》，李白于开元十三年（725）出蜀之后再未返回，在安陆期间（727—737）作《代寿山答孟少府移文书》言：“自峨眉而来……尝弄之以绿绮，卧之以碧云……”于此推测，《听蜀僧濬弹琴》作于出蜀前后（也可能若许年后回顾往事感言），听琴作诗在安史之乱三十多年前亦未可知。即便猜测不出听琴作诗的年代，我也以为“真气愈茂……谋帝王之术……事君之道”的李白或许在暗示盛唐向衰唐转变。郭沫若说：“在开元、天宝之交，唐代的统治已经由最高峰折入下行阶段。”可谓“西下”，那正是李白“童颜益春”的青年时代，不料时代气息与之相左。“肃宗朝廷，比之天宝年间，是每况愈下了。”（郭沫若《李白与杜甫》）“暮暗”是不是李白在“下行”年代听琴，本能听出的弦外之音，抑或借听琴而言志；或许并非有意言之，直觉而已。联想到李白“浮四海，横八荒”之气概，《听蜀僧濬弹琴》在弹听间写人，至少实写濬白二人，写唐人，“仰天大笑出门去，我辈岂是蓬蒿人？”写唐人蓬勃气势和忧国感时之胸襟，不限于唐代，写中华民族。那气势了得！

2012年11月3日

北京地区天大暗雾气重重暮秋冷雨霏霏

我们的时代

每一代人都可以说："我们的时代。"

"时代"有其特定的时限。"我们的"虽然标明"时代"的时限，但不明确。"我们"本身是哪个"时代"呀？

接下来，必须解释"我们的时代"是界于何时。例如双核手机时代始于2011年，终结于2012年初，它仅仅"存在"一年，在有史以来的"历朝历代"中，寿命太短了！甚至没有大哥大时代、呼机时代的寿命长。有点可怜见。

现在是智能机四核时代，也是四核大众普及时代。

下面换个角度，不说手机，手机普通到几乎人手一个，甚至有手皆机，"手机"名副其实。

说什么呢？继续说时代。从哪个角度？从信息角度？不，要从网络角度。时代已进入物联网时代。

网络时代令人欣喜，更令人畏惧。谁有本事逃脱网络？天网恢恢，地网恢恢，人网恢恢。

2014年9月14日我致信蔡权先生：

不能不打扰您，即使您再繁忙，商务再重要！

您分心、关注的《沈鹏传》业经传主阅改，此为修改稿本，特请您挤出珍贵时间和精力，予以修改、润色、核勘，以期可望出版，至为感谢！

甲午仲秋前夕，应邀去五山书院小憩，欢聚漫谈，受益良多。书艺非一日之功，亦非百日之功，终生练悟，转益多师，略有寸进，实可窃喜。留意并选取您的学术理念作为书法文辞，远胜于唐诗宋词元曲明清俚语，此行顿悟"笔墨当随时代"其一也。您通过读书、经商、交际（交谈、交情、交心）打通学术观念，让我惊羡，此行省悟"观念当随时代"，即思想与时俱进。您特意馈赠的iPad和时令衣裳等佳品，让我振翮高飞，此行省悟"体验当随时代"，切实感受网络经济时代的便捷与便利。从体验到观念再及笔墨，层层升华，意趣倍增，正如您在《逐梦大美》中所言："我们一起过上富足、快乐、有尊严、富有艺术境界的幸福生活"，复何求之？

传记实乃学术著作之一种。请您雅正，月下敲门，正当其时，翘盼改稿。

顺致

心想事成，诸事如意。

我在信中三分时代：体验、观念、笔墨，显然是从个人的文化艺术爱好角度出发。

小时候，我第一次看见渔民拎起网，使尽全力向空中甩去，一个浑圆的平面自天而降，落下去，落下去，悠悠然，那场面十分震撼。平面以内，悉数罩住，无一漏网。

后来上学，学到“纲举目张”词语，心里立刻浮现出撒网的情景，这才把“天网恢恢”和“纲举目张”结合起来，认识到网本身厉害，撒网人更厉害，原理是抓住纲绳，便可以调动一切。不用老师再解释什么，从那时起，心里便意识到“轻重缓急”之中，“重”是第一位的，“急”是第二位的。时空位置的顺序永远是这样排列，没有空间就没有时间，“有了时间”是就某个空间而言。不然，你再急，抓住“轻”，便必然“缓”下来。抓住“重”和“急”是解决问题的最好途径，也是解决“缓”和“轻”的必由之路。这四种事物排序，应是“重”、“急”、“轻”、“缓”。时间紧跟空间，空间里容不下时间，时间也担待不起空间，它们如影相随，天下没有时间怎么行，古往今来哪里没有东南西北中，哪儿没有上下左右前后？

2012年11月21日《北京晚报》用通栏横幅标题《伦敦地铁开启人类交通新时代》报道世界地铁时代的“祖师爷”。于1856年动工，1863年1月10日通车的伦敦地铁系统，如今位于莫斯科、巴黎之后，全长402公里，有270个车站。人类交通自空中、地上、地下到海洋，如今已将能开启的空间悉数开启，还将开启何处？

如今中国进入高铁时代，以南北贯通的京广高铁于2012年12月26日全线开通为标志。

如今世界进入电商时代，中国已完全进入互联网时代，选择、立足、定位互联网就是选择、立足、定位时代，依凭互联网、物联网把事业做成，使之标准化、现代化。

有人说：三十年后将是“超级钢铁”时代。

有人说：未来十年是创客（Maker）时代，即涌现出一代把创意变成现实的人。

有人说："我们的时代是……"

谁都可以说："我们的时代是……"

哪个行业，从哪个角度、层面都可以这么说。

如今"我们的时代是……"似红蜻蜓满天飞，像白云在蓝天上浮荡。"时代"一词成了标志或标识，成了容纳创新的引领时尚、时髦、时兴的"空间"的"筐"。因此，对"我们的时代"云云不可看重，亦不可当真。

至于"划时代"云云，如美国民兵-3和俄罗斯白杨-M导弹，一直在改进，变化之速，神仙也预测不出来。与其说科技引领时代，不如说军事引领时代。军事科技是时代的铧犁，锋利无比，所向无前；是时代的引擎，翱翔云霄，高不可攀。这不能不让人讴歌唐代诗人卢纶（748—799）《和张仆射塞下曲》。这也不能不让我对历代军事科技诗词的兴致大增。

从寰宇看，从山顶洞人角度看，哪个时代不是眼花缭乱的，目不暇接的，异彩缤纷的，生机勃勃的，引人入胜的……

您说呢？

这里谈的是历史上的大时代，无论过去或将来，每个时代都有个别的、局部的、时而前进时而后退的运动，都有脱离一般运动和运动的一般速度的各种倾向。我们无法知道，这个时代的某些历史运动的发展会有多么快，有多么顺利。但是我们能够知道，而且确实知道，哪一个阶级是这个或那个时代的中心，决定着时代的主要内容、时代发展的主要方向、时代的历史背景的主要特点等等。只有在这种基础上，即首先估计到区别不同"时代"的基本特征（而不是个别国家历史上的个别情节），我们才能够正确地制定自己的策略；只有认清了这个时代的基本特征，我们才能以此为根据来估计这国或那国的更详细的特点。”

《列宁全集》第21卷P115—135《打着别人的旗帜》

依据列宁的说法，每个时代都有每个时代的时代观，问题是要用正确的时代观来排斥并克服不正确的时代观。不要打着别人的旗帜前进。

我们究竟处在一个怎样的时代？

“马克思的方法首先是考虑具体时间、具体环境里的历史过程的客观内容，以便首先了解，在这个具体环境里，那一个阶级的运动是可能推动社会进步的主要动力。”（同前）

如果说二十世纪中叶四亿中国人站起来了，那么二十一世纪初十三亿中国人走向世界各地，受到欢迎。这就是我们的时代，中国人走向世界的时代。

2012年11月15日草

22日补充

2014年9月16日又补

一块夔凤纹瓦当

2012年12月14日上午，蔡权先生赠给我一块瓦当，让我十分高兴，以为它是秦砖汉瓦中一瓦，捧回家里，同《秦汉瓦当》里的有关资料核对，才知并非如此。

这块面径15厘米的圆型瓦当有夔的特征，尾、翼与之相近，但头、足更像凤鸟，圆眼、锐足，也就是四神之一的朱雀——南方之神。写实的艺术风格偏向雄浑、粗犷、厚拙、灵秀、张扬，点线块面组合，栩栩如生。

从其选材、构图、技艺和造型观之，应是战国早期秦国瓦当。圆框内无细弦纹圈，可以肯定不是秦代，更非近乎抽象风格的汉代。

得知这块瓦当出自先秦，我惊喜不已，再三审视，与之交流。

当年它是战国时代秦国皇宫建筑附件，普通而微小，可是，经过数千年风雨，如今已成极为珍稀的文物。再普通而微小的东西，一经历练，就非同小可。时间可以点铁成金，亦可以点泥成金，点什么不成金?

时间是神灵，时间铸造的文物也是神灵。人可以收藏、赏玩、研究，陪伴它一段时日，然后撒手而去，被陪伴者却安在，随着岁月流失，愈加珍贵，而此时，文物的曾经拥有者早已灰灭烟飞，无迹可寻，几人忆思？新的陪伴者和之后更新的陪伴者，又何尝不是如此这般。人与文物不可比拟。对文物当敬畏，像参拜千年古柏那样虔诚。

文物的神灵有多少来自创造者的奇思妙想，又有多少来自收藏者——陪伴者的护理，更有多少来自欣赏者、研究者、敬畏者的珍视？

时间的神灵之手可以创造出一批又一批文物，可以创造出一批又一批神灵。

文物的神灵传承民族文化的精华，民族文化凝聚着无数神灵之光，熠熠闪耀，如日月星辰般灿烂。传承民族文化当不能无视文物，不能小觑收藏有关文物，不能抱着熟视无睹的态度对待文物。

蔡权先生之赠等于给我上了一堂中华文化、文明传承和珍重之课，也让我重新审视并敬重他风风火火地用中国历朝历代的各种文物装饰华影会商务会所的良苦用心及其具有的核心文化价值。他把当代商务同传统文化精髓紧密融合于一所，在首都北京竭力打造一个高端会馆，是他经商的一个新成果，也是他经商的一个特色，从而成就了他——二十一世纪新中国的学者。

首都的会所会馆林立，每一个会所会馆何尝不是文物博物馆，何尝不是传播文化的大学场所，何尝不是新型的带有中国特色的商务中心。

让我心安理得的是，蔡权先生重复强调一句话：

“我有三块瓦当，会所里留两块就行。”

2012年12月17日20时

壬辰冬至前五日这天

一

一块豆腐能贵到哪儿去?

上午，我到北花市附近的一家蔬菜商店买菜，随意拣了几种，其中有捆菠菜，又到卖豆腐的柜台前。

我望着未装进塑料袋的盘里的豆腐块说：“两块。”

中年女售货员站起来，举起手中的扁铲子，停住动作，侧身向我声明：“两块三!”

显然，她以为我只要一块，在问豆腐价格。

“两块!”我再次咬定买的数量。

“两块三!”她带点火药味，以为我同她讨价还价，有不买的可能。

她雕塑般地站着，一动未动。

两个人说的，一个价位，一个数量，只因涉及一个“块”字，便发生分歧。

她见我怪异地瞅她，没有转身走的意思，便乐了：“放在一起，还是分开装?”

“分别包装。”

二

天已黑透，有人不停地敲门。

我穿着厚实的毛呢大衣，急速赶到门前。

悄无声息。

我站着不动，等待来者再度敲击。

“咣当！咣当！咣当！”

防盗门发出金属沉重的震动。

我缓缓拧开里面木门的暗锁，透过防盗门粗粗的栅栏和密密的丝网，模模糊糊地看到对面站着一个绰绰的黑影。

“你找谁？”

“我是修理暖气的。刚才在11楼修理，现在到你屋里看看暖气热不热？”

略微沉寂。

他又问：“暖气热吗？”

我一怔，搪塞地说：“还可以。”

“我能进去看看吗？”

一个粗壮男人。

一个老弱书生。

我顿时警觉起来……脑子里闪过一些不祥的镜头……不无惊恐地说：“我家暖气还可以。”

“我能进去看看吗？”

“不必！”我断然地回答，并补充一句：“热得还行。”

他无奈地撂下一句：“那好吧。”

我立即庆幸自己婉拒陌生人，锁好门，返回宁静的灯光灿烂的室内。

三

沐浴后，上床前，一幅心想事成的草书。

我同远在外地的内人通完话，心里依然兴奋，在想：她怎么能怀疑我写的不是普希金《英雄》诗里的名句：“一个使我们愉快的谎言，要胜过千万泄气的真理。”

我在电话里一再重申，那是我当时写的几幅字里最好的一幅——不是指选取的书写素材，而是强调艺术。

我边回味刚才的通话，边涌起再写的冲动——向画案走去，铺上宣纸，一挥而就，审视着：不比邮去的那幅差，甚至好于那幅——看上去流美、自然——席卷了我所有的兴致和情趣。

一幅作罢，无力再书。

2012年12月18日

绽放异彩

——《李秀芬画牡丹》序言

沿着北京站西街南侧东行，冬至前两日的阴冷忘却脑后，边向北京站走边暗暗赞叹：想不到二姐国画走在大姐李秀梅前面，走在我前面，走在七个兄弟姊妹前面，走在画山水的辛莘前面，原本没瞧得起二姐李秀芬的绘画。世事难料，生肖属狗的我中了那句老话："狗眼看人低。"

二姐近两年挥笔作画，专攻牡丹小写意。与其说她手头有古今中外的牡丹画册可供学习参照，不如说对牡丹的熟悉，源于父母艺术基因，源于她七十年来的人生阅历。她对牡丹的热爱，并非因其是富贵的象征，国色天香，而是她欲绽放生命异彩。

去年春天，她从黑龙江来京治病，出院第二天又不行了，衰弱得滴水不进，奄奄一息，一脚九霄外，一脚人世间，家人手忙脚乱地准备后事。

未料彩虹驱散乌云，在亲人精心呵护下，居然转危为安，奇迹般地返回大庆；缓阳过来，国画养心，自娱自乐，物我两忘，活动身体，安慰亲友，交往凭依。疾病随她余生却用丹青掩饰之、逼退之、遗忘之。

9时许，特快列车徐徐进站，按照约定，迎接二姐同事捎来的牡丹近作。

癸巳正月十五后，二姐几十幅近作由她儿媳小倪返美路过北京时捎给我。

二姐的画作能在首都结集出版，对于支持她同病魔搏斗、为社会做点力所能及的贡献、继续欢欣鼓舞地养生，都有意义。

展读二姐的牡丹，意境绚丽缤纷："前浪推后浪"，"怡然自乐"，"花红因友来"，"人间第一香"，"别有佳妙处"……

夸张的老干推举腾飞的片片绿叶，风姿秀逸的绿叶簇拥红花和粉花以及生机勃勃欲展身手的花苞，虬枝绽放着一个更比一个鲜艳夺目的蓓蕾，一幅幅自学自悟自赏的牡丹画，象征人间繁花似锦，象征一茬更比一茬旺盛的生命力，象征二姐艺术生命的春天已经来临。

2013年3月13日晨参照二姐修改稿梳理之

“层”“危”“飞”“云”等字义同“高”吗?

中国有些字，形、音不同，意却相同、相近，这为写诗词作文章变换文字、不重复文字创造了条件，也为识别文字含义设置了障碍，有利有弊，当趋利避害。

义同而形、音相异的汉字在汉字库里虽然不是比比皆是，但毕竟占有一定比例，值得研究。

在学校里学唐诗——

白日依山尽，黄河入海流。
欲穷千里目，更上一层楼。

以为“层”字是量词，走向社会，亦无人告之别意。

近来选读唐诗宋词几百首，诗词里多次出现“层”字，这才引起注意。比较后知其义同“高”字，同“高”者尚有多字。

“层楼”是“高楼”。

“更上一层楼”即更要登上一座高楼之意。

这就从根本上改变了原先的认识：以为领域（楼）没变，只是从低层向高层迈进，改变层次而已。实则不是，要改变领域，改变登攀的对象、目标，离开脚下的“层楼”，向更高的“层楼”攀登。

这不能不让人觉悟：少小所学的，有的老大时需要更新，不能守旧呀！

从对仗角度看，似乎“千里目”对“一层楼”：“目”对“楼”，“里”对“层”，“里”是量词，怎么能认为“层”不是量词？

表面上看，形式上看，确实如此。可是，问题不仅仅在表面、形式，重要看内容和实质。

王之涣《登鹳雀楼》共四句，前两句实写，对仗；后两句虚写，不对仗，重点在议论，登高望远为该诗要害。

“欲穷”同“更上”不对仗，整句便构不成对仗性质，为何句中的“千里目”同“一层楼”便对仗？

要说节奏对等，尚可将“千里”对“一”，“目”对“层楼”。“一”后显然省略“座”“幢”等量词。“目”前也省略了修饰、限制词。

本来不对仗，硬要看成对仗，则势必曲解其意。曲解的根源是把“千里”对等“一层”，把“目”对等“楼”。此“楼”非彼“楼”。“楼”没变，只是在楼内变变层次，以为便可远望。楼本身不高，能望到哪儿去？这样“以为”，不过一厢情愿而已。事实上，一个人在单位里，从底层升迁到更高一层，眼界随之变化，胸襟也会发生变化。问题是，这种变化是有限的，十里百里千里而已，不会发生更大的量变和更多的质变。假若变换单位，也许新单位底层要比原单位高层还要高多少倍。不是没有这种可能。攀高枝，不一定在同一棵树上，更可能在千年古柏或万年古松上，在更高古的树上。

层次变化不如领域变化。

好高骛远，这山更比那山高，跳来跳去，总跳槽，不安分，诸如此意，应从正面理解。

“层楼”即“高楼”，用此作诗词，例举唐宋，不独唐宋：

象玄圃之层楼，肖华盖之丽天。

（汉·繁钦《建章凤阙赋》）

怅望依层楼，寒日无言西下。

（宋·张昇《离亭燕》）

少年不识愁滋味，爱上层楼，爱上层楼，为赋新诗强说愁。

（宋·辛弃疾《采桑子》）

半空云气层楼暗，四月江南欲雨天。

（元·萨都剌《层楼即事》）

直接用“高楼”的唐诗较多，且举三：

系马高楼垂柳边

（唐·王维《少年行》）

独上高楼望吴越

（唐·李白《金陵城西楼月下吟》）

城上高楼接大荒

（唐·柳宗元《登柳州城楼寄漳汀封连四州》）

不直用，用“危”“飞”“云”“玉”等字代“高”，例举如下：

危楼高百尺，手可摘星辰。

（唐·李白《夜宿山寺》）

寒城猎猎戍旗风，独倚危楼怅望中。

（唐·罗隐《登夏州城楼》）

曳杖危楼去。

（北宋·张元干《贺新郎·寄李伯纪丞相》）

城尖径仄旌旆愁，独立缥缈之飞楼。

（唐·杜甫《白帝城最高楼》）

老兔寒蟾泣天色，云楼半开壁斜白。

（唐·李贺《梦天》）

谁在玉楼歌舞？

（南宋·李好古《谒金门》）

绕弯，达到目的地，修辞之一种，可灵活运用。

“层”是量词，《现代汉语词典》第6版认为，“层”作量词分三种用法情形：

①用于重叠、积累的东西；

②用于分项、分步的东西；

③用于揭开、抹去的东西。

未说“层”有形容词的词性，亦未说它有“高”的含义，等同“高”字。不能因此而概括该词典释义不完整。“层”的这一词性当纳入典内。有些知识，书本里没有，掌握书本，读万卷书，不一定就拥有了知识。

1993年版《汉语大字典》（缩印本）释“层”同“高”，举三例：

1. 《晋书·阮籍傅附阮脩》:“翕然层举，背负太清。”

2. 《水经注·漯水》:“山甚层峻，未有升其巅者。”

3. 唐孟郊《春日同韦郎中使君送邹儒立少府扶侍赴云阳》:“高步讵留足，前程在层空。”

该大字典将“欲穷千里目，更上一层楼”里的“层”释为量词的第一种用法。笔者认为不妥。在这里把“层”当作“重叠、积累”的台阶、楼梯、阶梯，实则未用作“量词”，而当名词用了，暗中变换词性。

对同一个字的解释，不同的字典词典可能不尽相同，相信谁，怀疑谁，当慎之。古人说相信书不如无书，有道理。谁是权威？知识本身。

不知1993年版的大字典何时再版，再版时，建议将王之涣《登鹳雀楼》诗中“层”字列入“高”义释例，从量词中退出。

《现代汉语词典》第7版时，亦建议“层”字释义增设“高”者，扩充知识面。

平素，为了弄清字义，笔者翻查字典和词典，也翻找有关书籍，同时借鉴网上信息。即便如此，归其末了，也许白忙活，也许有收获。似是而非，左右为难，“独倚危楼怅望中”，这样的处境不是没有，也不是少有。但愿解惑下询问，求知上层楼。

2013年5月8日

圆

数字排列通常为1234567890，“0”排在最后，单独屹立，看上去是个位数，实则是两位数，省略了“1”。从“1”到“9”，为的是“10”。

“10”之前有“6”、“8”、“9”，均为“10”的预兆，这几个数字都完成了圆满，局部呈现“0”，亦可说是“0”的延伸。“0”区别于123457之处，是这七个数字没有封口，其中几个将封未封，终于不能封上。最后，“0”完成了这项历尽千回百转的艰难历程才没有任何附加条件、干净利索地实现了。

从“1”的直到“0”的曲，纯粹的直走向了彻底的曲。“0”其实就是“圆”，是“圆”的标志。它既是缩小了的圆，又是放大了的圆。天地间，到处都有放大和缩小、公开和隐蔽、成功和失败、永存和暂时的“圆”。

甲骨文“圆”同“员”，而“员”同两个事物有缘，一是“贝”，二是“口”。“口”源自鼎，从上往下俯视鼎，鼎口是圆的，“圆”象征“鼎”。

书法中锋运笔，线条两边圆润，整个线条是圆柱形的，“圆”象征运笔不偏不倚，中庸是也。

一切旋转的东西都是圆形的。三角形、菱形、四边形、梯形等如何运转?“圆”代表运转、速度,是运行速度的象征。

种子、水果成熟了,大多或基本取圆型。“圆”代表成熟和可继续发展。

“圆”是我的宇宙观、世界观、人生观,看待一切事物的出发点和归宿地。

大约三四十岁时,渐趋形成这一认识,如同文怀沙形成的“正清和”,许多学者形成的“和”,以及前人形成的“道”“佛”“儒”等。

“圆”的要素有三:圆心、半径和圆周。人似一粒尘,可看成一个点。人的一生从始到终可视作一个“圆”。但人与人的命运不同。有的人,终生在圆周上运行,的确前途无限,日复一日似驴如马似地奔驰,看不到尽头。有的人觉悟了,从圆周三百六十度的某一点上发现捷径,独辟蹊径,转身向圆心挺进,轨迹是半径,而不再是圆周的曲线——曲径。人们常说曲径通幽,以为实际如此便必定是真理。不然。半径通心,曲径通“忧”。只有在最短的征途上探索,才能迅速到达目的地。至于有的人终生探索而未能到达目标,则各有各的原因。有极少数人,甚至只有一人到达圆心,或人的一生中只有一件事得到圆满,也是值得庆幸的。到达圆心,举目四顾,遍览无余。所有圆周上的点均拱维着圆心。圆心通过三百六十条半径牵系着圆周,即三百六十行,行行出状元是也。人的一生追求圆心,事事如此,穷其一生为之奋斗也是值的。

认识了“圆”,找到圆心,捕捉重点,然后去寻觅半径,事情便有了盼头。范敬宜言:“世间事,皆祸福相倚、顺逆相随、圆缺相生。唯时察己‘缺’,方能‘圆’矣!”(王慧敏

2014年2月21日《光明日报》）

“圆”的意识是夜行途中引领的灯笼。有此观念，看问题可避免片面，更客观。

我的书画作品上，不可或缺的明显标志是“圆”字，同时搭配“清澮（涩）”闲章。

2013年11月20日

《节妇吟·寄东平李司空师道》读后

君知妾有夫，赠妾双明珠。
感君缠绵意，系在红罗襦。
妾家高楼连苑起，良人执戟明光里。
知君用心如日月，事夫誓拟同生死。
还君明珠双泪垂，恨不相逢未嫁时。

——唐·张籍

2013年11月中旬在五山会所一次晚餐中，蔡权先生突然吟诵出唐代张籍《节妇吟·寄东平李司空师道》诗的后两句，问我知否。我想了想，实在陌生。蔡先生请工作人员马上打出诗稿，反复观之，略有印象，当夜入睡前得意笔记如下：

（一）金钱买不来爱情，爱情不能用金钱购之。珍珠有价，爱情无价。自古以来，确实有人用金钱赢得情人的欢心，但钱财不是万能的。真情实感历久弥新。张籍这首诗无论哪个朝代的人何时读多少遍都没有丝毫陈旧之感。明珠，双明珠在节妇面前黯然失色。

（二）人与人之间的关系，是长存不衰的课题。如何处理呢？

节妇做法可取：委婉、艺术、多情。无论是同意、拒绝还是犹豫，都要表态。委婉不易，艺术更难，而要有情，何以易难？三者同时做到，令人钦佩之至。

（三）时机决定成败。时间胜过空间。时空二者，空在时中。把握时机，是心想事成的必要条件。诗中“君”者错过时机，妾已有夫，持戟明光里，难道心如日月的“君”没有注意吗？妾之恨意在强调时机。

（四）唐朝人对爱情的态度，对处理人与人之间的关系，以及那时的世俗民情，从诗中可以看出端倪。诗意和诗境把读者带进唐代，带入中华传统文化。如何传承这份遗产，使其宝贵经验融入现实，尤其是不能正确处理男女关系，因此而痛苦不堪以至家破人亡者，岂不可以随时得到提醒和警示？传统中的精华非常珍贵，须臾不可离开。

（五）怎样读唐诗？仅仅从中学韵律、感受意境吗？除了艺术价值外，其社会意义、传承规律、解决日常生活问题的经验和具体做法等等实用价值不可忽视。人生的巧妙蕴藏在文化艺术之中，在一定程度上决定并左右后来人的命运。不可小觑唐诗！

（六）史载张籍此诗是为了表白忠于朝廷，另一版本则不为世俗所囿，看重友情，一诺千金，驷马难追，绝不脚踏两只船，这山望那山高。做人和为人，世世代代当如此。

2013年11月21日

《书法本体与多元》编后记[①]

什么是书法？书法内容和书法形式是什么？这既是读者包括书法爱好者感兴趣的常识问题，也是学术界众说纷纭的千年课题。

“书法是线条艺术”——经过提炼的规范的美化的运动形式。

书法的审美风范和内涵，是通过黑白、虚实、节奏等艺术手法，挖掘并发挥字形之美，体现书家情感、意象、意境。

笔意、笔势、笔法是书法内容；墨色浓淡、干湿、润燥，笔画粗细、曲直、方圆，结字、章法等等及其种种关联权变，是书法形式。

内容—形式，形式—内容，相互作用、转化，书法形式即书法内容。这不意味书法内容和书法形式完全一致或重合。

“书法相对于书写的文字而独立存在”，是沈鹏先生的书学要点。他把文辞从习以为常的书法内容和书法形式里剥离出来；许多接近或类似沈先生的论述表明，书法作品创作之前、

---

① 同那耘合写。

之中和之后，与书法内容和书法形式息息相关的是性情、技艺，而不是文辞。

“‘汉字’不是‘书法艺术’品的‘内容’，只是创造的‘依据’。”（沈鹏语）书法内容同“汉字”即书写的文辞是两码事，各自独立，不可混为一谈。

书法无力也无法体现文辞内容，无力也无法阐释文辞之义，同样，文辞之义也无力无法体现书法内容，无力无法诱发并激发书法形式。历代书家反复书写同一文辞（诗文），是出于审美需求，不是因为这种素材属于书法内容和书法形式，也不是这种素材可以激发或作用于书法内容和书法形式。不能说利用同一素材创作的书法内容是相同的，一致的，不仅不相同，不一致，而且可能相去甚远。这是因为书法不能表达文辞内容之故。不同书家即使书写同一素材，书法内容亦不尽相同。同一书家在不同时期、不同心绪和不同环境书写同一素材，书法内容也不尽相同。这是因为“书法艺术要求气、韵、情、趣等主观因素的注入”（《〈三馀吟草〉余话》）。这些因素不是一成不变的，恰恰相反，是因时因地因种种情形而发生不同程度的变异。

运用同样素材写字、书法，其性质天壤之别。书法独立于文辞之外，亦独立于写字之外。

素材是工具，谁都可以利用或使用文辞，不受时空限制，创作出不同的书法内容和书法形式。汉语文字作为交流工具，无论内涵是什么，文学性如何，发什么音，如何结构，也只能是书法素材而不会是书法内容和书法形式。

沈鹏先生是新中国培养的首批国家级艺术家，在书学、诗学等领域都有极高造诣，在国内外享有盛誉。他从理论和实践及其结合上，把书法艺术性从其实用功能中彻底剥离出来，其书学理论带有个人感悟和自我发现的审美取向以及探索诗意的艺术情思，把美学、文学、哲学糅在一起，集艺术思想、人文知识和技艺技法为一体，思辩性强，概念之间的辩证关系和文化艺术层面步步递进，水到渠成地概括提炼并逐步升华议题，涵泳清新；在主要方向上突出一点，从一个课题扩展到所在领域学术高峰。

本书所选文章，是沈鹏先生书学重要论述。《书法本体与多元》出版，将会裨益于方兴未艾的国学热、书法热以及国际书坛，在中国书史上具有里程碑意义。

2014年1月1日

学习毛泽东草书李白诗《早发白帝城》

癸巳冬至前同莘去国博看毛泽东书法手迹展，发现展柜里唯有草书李白《早发白帝城》最精彩，便用硬笔临摩下来，又用手机拍照，回来打印，反复揣摩，受益良多。

不过，令我不满意的是，偌大展厅仅用区区数米展柜，许多手迹纸页重叠在一起，没有全部展示出来，还有一幅复印件，一望便知并非真迹。对待伟人毛泽东、对待书法艺术以及对待读者如此怠慢、小气和不屑，反映当前中国文化艺术的现状，不独暴露国博领导及其工作人员的不足之处，且不说馆内无餐厅，观者随处坐在硬面椅上饮食自带物品，碎屑污秽难以形容。

草书李白诗《早发白帝城》直书在三张纸上，共计九行，大字如掌心，小字亦如两指宽，整幅字活泼、健硕、灵动。不知毛泽东书于何年何月何地。从书艺的洗练程度判断，当为二十世纪六十年代。

首先吸引我的是该书章法。

纸面上布满线条，线条周边余出空白，被线条切割的空白大小疏密令人眼花缭乱，空白同线条恰成一静一动景象。静者愈静，动者愈动，两相比对，静下去，动起来，动静交织。

动者，长袖飘舞，江河奔涌，乱云飞渡，应是静态背景铺垫的成效之一。

李白《早发白帝城》魅力之一是动感、动态和动势，猿声啼不住，轻舟万重山，千里一日还，毛泽东草书李白《早发白帝城》的意境在动字。假如满纸不是像现在这样大多布满弧线极少直线的切割，而是有意留出静的空白和间隙，那么此作的意境便不会“动”起来。纸、墨、笔、砚等工具，同文辞《早发白帝城》一起，为书家所要表达的意境服务。我臆测此书作于大跃进的1958年及其前后。也许正确的说法应是，毛泽东运用文房四宝和古典诗词来倾述自己“跃上葱茏四百旋”（1959年7月1日《七律·登庐山》）的心画。

毛泽东草书李白《早发白帝城》书法内容“动”字未曾出现在诗句中，却书写在纸面上，与诗中“辞”别、归“还”、“啼”鸣以及经“过”等字词没有任何内在联系，纯系书家性情使然。书法内容与所书文辞本身含义无关，别有天地。寻觅书法内容要跳出文辞界外，从何入手呢？

不妨从书法形式入手来识别并欣赏书法内容。

沈鹏先生已指明蹊径：书法形式即书法内容。

且看毛泽东草书李白《早发白帝城》的书法形式：

一、线条状态入眼形神毕现

粗、细和界于粗细之间的线条，其魅力在于渐变，形体饱满、自然、尖锐的由细到粗或由粗到细或粗细均匀地延展。线条这种天然亦或人为的变态，动人心魄，触及灵魂。每当翻阅古人法帖或书法字典，只要看见舞动的线条，我就被迷住了，魂魄闪电般地融入其间，不肯分离。毛泽东草书李白《早发白帝城》线条牢牢地抓住我，心血随着线条直曲而动。

草书线条粗细直曲的形态瞬间变幻之无穷为其他书体所不能。发挥并使之达到极致，便是草书的优势之所在。

除了线条的粗细、曲直外，毛泽东这幅书作别出心裁之处是线条涂满、占满、布满纸面，疏密得体也是草书特性之一，同粗细、曲直一样令人刮目相看。

古人形容疏可跑马，密不透风，是讲究留白的大小不一，即字体大小不一也。至此，线条即字体的粗细、曲直、疏密、大小便成了草书的特权和尊严，只此一家，别无分店。

二、笔顺运行诡异出神入化

草书与楷、行、篆、隶等书体不同之处还在于讲究笔顺。其他书体先下后下哪一笔，问题不大，基本不影响字体形态，而草书趋向一笔书，一气呵成，一挥而就，笔顺不当，书何以畅？书不畅则无势，畅势两失，草风孰觅？

笔顺应是笔画即线条的行进路线和方向。犯了路线错误，同时便犯了方向错误。犯了方向错误可以回返，犯了路线错误则无可救药。我学草书从笔顺入手，较少路线差错。草书笔画之简捷尽多取决于笔顺之巧妙，独辟蹊径使然。

“毛”字倒数两个横画由竖弯勾回锋一笔完成，这是一种笔顺，还有一种就是撇后紧接着两横画，然后再竖弯勾回锋。“猿”字也是一笔，不得益于笔顺行吗？

汉字笔画结构呈立体，怎样才能做到一笔书呢？研究笔顺，把握线条运行路线及其方向，便可成就大业。这里必然涉及笔锋的提按、使转、轻重、疾缓以及运笔的惯性力的驾驭等技法。

笔顺讲究笔画的衔接，内在结构，外在姿势，先后顾盼照应对比等等搭联关系。笔顺是线条秩序、规矩、礼仪。草书笔顺独有的借势借画，将上下字的两个笔画合一，公用同一笔画乃笔势自然而然之作为。如“毛”字最后一笔和“泽”字最初一笔，“不”字最后一笔和“住”字最初一笔，难分难舍，连理比翼，此乃草书之绝妙，他体无之。认知并把握这种顺势共画之笔，可开辟出草书更为广阔的美好天地。

笔顺讲究一个字的自身结构，也关乎上下字的外部结构。“不住”二字，前字捺点同后字撇画化成一条从右向左的斜线，与“彩”字末笔撇画变成捺画相映衬，在章法上格外飘逸。“毛泽东”三个字顶天立地的笔顺突出地反映了书家生活的节奏，思想的节律，艺术的节点，堪称草书经典。

三、章法随意平实别具一格

一般落款的字形小于且低于正文，毛泽东这幅字形同正文且几乎持平，占去纸面三分之一，以补空间之不足。

首页三行，次页四行，尾页两行，同一大小纸面上行数变化并未影响整体布局，细看呈现中间紧两侧松的疏密疏格局。

每行基本围绕中轴线左右移动，特点是邻近直行的线条相互触及以至切入穿插，行距近乎零，上下左右融为一体。

草书取消行距、包括落款文字在内一律可大可小、中轴线疏密变更、首尾字大、字形小者多见于底部，中间多于上部，字型由大到小，由小到大，等同，上大下小，上小下大，中间大两头小，两头大中间小，变化有致，这样排兵布阵的架式，唯有草书可行，他书不宜。草书章法到底如何作为，怎样规范，毛式有之。

毛式书法很少钤印。

四、提按轻重胜过运笔使转

提、按比较，提更胜一筹。如“山”字最后一横，轻轻一带而过，同中间一竖的浓墨按笔构成鲜明对比。草书个别笔画、字迹过于变形夸张，扩大视域，未尝不可。大字可是小字的数倍，不足为奇。

同一草书部首偏旁的“朝”“彩”“轻”，因提按区别，则各具姿态风韵。同一部首，提按迥异，恍若别字。

最见功夫之处的提按是“点”画。“万”字两点，先按后提，继而按中有提，其势凌厉。“白”字首画亦为按中提起，提按瞬息，仪态可人，点缀张扬。

提按使转千年健，笔势变动即兴间。

“点”画常见圆形、三角形和四边形，半圆是圆形的变态之一。“点”画无论取何种相貌，都应独具风姿，相互呼应、映衬、比肩，形成主辅、偏正等关系，不可类似、雷同。

“点”画多有锋芒，回顾来路，指向归途。

“还”“过”“日”等字使转角度极小，失去使转意义，字的造型差矣。一幅草书里上中下左中右多处笔画绕来绕去地使转，既能增光添彩又可相映成趣。如第一行“辞”、第二行“帝”、第三行“陵”、第五行“岸猿声”、第六行“啼”。

使转是草书的重要运笔技法，客观地看，只能说毛泽东草书略输使转，稍逊运笔。顺时针使转到7时和11时、逆时针使转到2时和5时，一般会转不过弯来，线条在这一误区里为锐角，而不是圆弧，甚至瘦弱不堪，形象难看。如何走出误区，随心所欲地使转，前人和当代书家积累了丰富的经验，下了大气力。通常做法是格外注意此处运笔节点，小心、谨慎、沉着，不能有任何犹豫或迟疑，下笔前心里理应清空任何袭来的不自信或茫然一类的情绪。使转考验书者心肠的硬度和书艺基本功的纯度。书者把握事理分寸的尺度，于此一目了然。看草书者首先当看使转，即看其处理事务关节点的能力。在按笔轻重力度不变的情形下，缓慢移动笔锋，拨指、转腕、侧身、旋笔、侧锋，或同时并举或取其一，笔尖应始终保持在弧形中轴线上。此刻握笔可一反常态，放开手指，宽松指间，笔杆在指间摇荡，笔尖在纸面上游弋，重心和注意力在笔锋的使转上，至于出现少许弯曲墨迹，似多意趣。

另外，个别草字尚需斟酌，如“彩”字左边部首似缺少笔画，“两”字中竖突破横画，“已”字疑“巳”等。

从书法形式入手认识书法内容，再从这两者入手认识书家及其心画，为我学书路径之一。

2014年1月15日

逐梦大美

一天，蔡权先生对我说，他想把新中国书协历届主席的墨宝各收藏一幅，悬挂在华影会三楼书画室里，以标其高，以规其范。

我说，这太难。

不久，他如愿以偿。

当代书法本体及多元，中和于斯，国内外宾朋欣赏之，议论之，赞叹之。

某日，蔡权先生搂着我肩膀，边走边挥手，指着华影会一楼长长的东墙说："我想把各省书协主席的作品摆放在这里，你看怎样？"

我笑了："这不可能，也不必要。"

三十多个省市特区，且不说难以成全，单说其书艺未必代表该省水平呀？

"我的意思是让各地的朋友来到会所有种宾至如归的亲切感觉，哦，这是我们省书协主席的作品……"

唔，原来用意如此。可是，谈何容易！

陆陆续续，每得一省，蔡总便让我先睹为快，然后托裱上墙。未及一年，居然齐了，百花竞逐，绚丽多姿。

朋友、客人来了，首先检阅“全中国”，然后同“主席”亲切见面。

这其间，蔡总兴奋地把又一梦想告诉朋友，征求意见：组建一支书画队伍，作为中投产业，推向国内外，叫华影传媒书画院。

我抚掌欢呼，创意！好！

与他不经意间收集上述墨迹同时，被手不释卷的经商的蔡老板吸引过来的书画师们，先后莅临会所，留恋其间，流连忘返。书画院揭牌仪式即将隆重举行。种种迹象表明：

心想事成，并非虚妄；华影传媒，逐梦大美。

古有夸父追日，今有蔡总逐梦。

夸父决心大于天，已竭尽全力，常鼓舞后人。

蔡总笔意脚踏实地，缘于时，乘于势，眼下多少事，都付谈笑中；平步青云，往返于深圳——北京以及国内外各地，对时空感触敏感，有他撰联、沈鹏先生书之为证：

华灯印出万川月

影会涌流大国风

凡事做于细，不舍其小，视两端而握其中，求其大。

会所饰其精，书画诗酒，古今文物藏其间，求其美。

中国有句古语，“大美而不言”。

法国有则寓言：询之雄蛤蟆，何谓美？其必答曰：“雌蛤蟆是也。”

“大美”，作为词语，内涵外延因时因地而区别甚至迥异。

蔡权先生拥有并率领的华影传媒，是其毕生事业的一部分，所逐之梦，并非大美可括之。

我的感觉：

蔡氏之“大”，可谓“难”，难以想象，难以实现，都不容易。

蔡氏之“美”，在于“行”，行之必果，行之必得，皆大欢喜。

人云寸步难行之举，

蔡曰驰骋天下之际。

2014年4月24日

“鱼头·鱼尾”

一天午宴时，蔡权先生笑着向王宪荣先生敬酒：“鱼头、鱼尾，干！”

那是我初次见宪荣先生。他中等身材，敦厚友善，文气颇足。当我欣赏他带来的《一画一世界》，便知晓“双鱼”典故。

从政之余，宪荣先生长年累月地创作人生哲理彩色漫画，配上行书，格外养眼。

就一条鱼而言，将其一分为三，鱼头、鱼尾没有多少肉，像鸡肋一样扔了舍不得，啃它又费劲。若把一个人的业余时间视作鱼头、鱼尾，不同的人有不同的态度。惜阴当从分秒做起。一寸光阴一寸金，早早晚晚的时光看上去零碎，不起眼，可是日积月累终汇成渊，深不可测。《一画一世界》里类似“鱼头·鱼尾”的故事较多。这幅漫画提醒人们在做好八小时本职工作的前提下又不怠慢其余时间。有位伟人说，看一个人要看他在业余时间干什么，确有道理。

从书画家角度看，宪荣先生的贡献在于赋予鱼以新的美学含义。自古以来，以鱼为题材、素材的文学艺术作品汗牛充栋，未见将其三分，而宪荣先生创作的这幅互联网经济时代的漫画，打动了我，打动了蔡权先生，打动了与之共鸣的所有读者。

从寻常巷陌的生活里发现、提炼出人生哲理、事物规律、社会公式，并用漫画和书法生动地形象地表现出来，要占据多少业余时间和精力呀！我从宪荣艺术创作中看到他是如何认真对待“鱼头·鱼尾”的。反观自身，感到汗颜，反省之余，疾书自勉。

当日下午在途中车里，我边看《一画一世界》，边将感受写在上面。晚上同宪荣先生相见时，畅叙衷肠，谈笑甚欢。已近古稀的我，对他在漫画中多层次多角度分析事物的特点和规律，非常感兴趣。他从生活、自然以及艺术想象中捕捉灵感，勾勒心画，勤奋和睿智相携相融，幻化出艺术奇葩，可喜可贺。从一幅又一幅有益并有趣的漫画中，我不仅获得了丰富的哲思，而且更看到了漫画变形的萌芽和趋势，其夸张的峥嵘头角已崭露在中国书画界视野的地平线上。

2014年9月5日匆草于深圳五山书院

死里逃生

六七岁那年，冲出家门几十米就是河岸。

房后向下倾斜半个篮球场大小的菜园西北角是三米见方的猪圈，猪圈毗邻后障子。

所谓障子，就是用榆木或硬杂木以及稍粗一点儿的梢条夹成的以防动物和小偷进来的围栏。带有象征意义，首先表明障内人家贫寒，无能为力。

推开障门便是四十多度的斜坡，斜坡由垃圾和炉灰以及家禽粪便组成。二三十米斜坡底下，是一潭死水，泛着混淆的绿光或难以形容的杂色。

每逢雨季，一大片死水浅滩连成水泡子，变成偌大的池塘，但不深，有鸭子和鹅凫游往来。

一年秋季傍晚时分，我用竹条做成鱼竿，未及一米，分别插进房后斜坡低沿，将包裹玉米面和蚯蚓的大钩甩进水泡里，第二天黎明起钩，竟然钓上来几条尺多长的鲇鱼，黑黑的，浑身亮着黄色液体，再喜人不过了。我们全家品尝一顿，难忘那诗意的夜晚和迷人的清晨。

夏夜繁星满天，黑乎乎的沙滩上，微风习习，十多个顽童围着一个年龄较大的青年人，挤坐在一起，听他娓娓道来神秘的民间故事，让人不忍离去，不愿回家睡觉。即使睡梦里也尽是莫测迷离的鬼怪奇异故事。

生活也有提心吊胆的时候。

1957年雨季，我家房后穆棱河发大水，望出去，水势无边无沿，汹涌而下，漂游沉浮着家具、木板、草席、棉絮等杂物。司空见惯的河畔绿柳、茂盛的两岸庄稼、广阔的柔细沙滩和突凸的高耸河坝以及二道河的曲折细流，均已不见。洪水几近障子，欲接近猪圈。居委会一再动员号召大家扎木筏子，洪水上岸时好逃亡。火炕一般大小的木筏子放在菜园里，一直没有派上用场。

那时，我家土坯房逢雨漏雨，遇雪则推不开门。

一天早晨起来，夜里悄无声息的大雪将木板钉成的房门堵住，推了又推，才推出半尺开外，挤出身子，用铁锹一下一下把洁白松软的积雪，一点儿一点儿扬到远处，渐渐地，打开门，扫出一条通向院门的雪道。各家各户都约定俗成地将门前积雪堆向路两侧，以利于左邻右舍通行。

走上街，向前望，苍苍空中，雪花旋舞飘游而下，茫茫雪地上，行人的脚印呈一条黑线由近及远。后人沿着前人的脚窝走，前人开辟的路线基本是笔直的，不是弯路，应属捷径。

在东北生活半个世纪，右手掌背上几处冻疮留下的疤痕，是永久的纪念。

最让我难忘的，还是清澈见底的穆棱河，河岸水边群鱼游弋，以及湍急河水将我灭顶的那次死里逃生。

听大人说，穆棱河水源远流长，在穆棱县上游，流经鸡西鸡冠区地区，已绵延很远很远了。据说，它一直流下去，经过鸡东、密山、我的出生地虎林境内，最后归入乌苏里江。

那年夏天，天气闷热。中午时分，红蜻蜓斜下双翅停立在障子上、电线上，酣睡一般，一动不动。火焰般熏烤的空气像波浪一般荡漾着，到处静谧，大气不喘。

我午睡刚醒，迅捷地越过水泡子、沙滩，来到常常嬉戏的流淌不息的穆棱河边。

河水依然哗哗流淌，寸长的群鱼依然在河边卵石上游来游去，河床里大小整齐的卵石和总是倾侧摆动的水草任凭流水梳理。

我曾在水边洗衣妇捶衣的节奏中，在激流中拉线，一松一拉，几十米长的鱼线时隐时现，鱼钩上浅红色蚯蚓弯曲着，游动着，吸引并诱惑嘴馋的白鱼。白鱼扁而不长，咬住钩时，鱼线颤抖，手感明显，往上拽时，重重阻力令人心里充满希望，兴奋异常。拉和拖，两种力，不容置疑地拼搏。

闪着耀眼光芒的鱼儿在手里活蹦乱跳，头顶上的阳光格外刺日，而河畔捶衣的棒槌则非常沉重地击打，洗衣妇完全不顾及小孩玩耍。

我转身环顾，竟无一人。大中午的，火一般的烈日，无渡人，无游客，无洗涤者，也无孩童。孤独之感油然而生，当我投身温凉的没过膝盖的河水，一切都忘记了，只有惬意和清爽。

独自一人游玩一阵子，甚觉了无情趣。

那时的我七八岁，野性十足，突发奇想：何不到从未去过的离这数百米的二道河去玩玩？

二道河，是穆棱河支流，冲刷而成，与之平行。只不过它“二”，浅显曲折，总不如一道河阔绰、名正言顺。

从未去过的二道河，神秘莫测。

我顺着河岸，向下游徘徊，过穆棱河大桥，转向窄窄的弯弯的二道河。

这里河岸果然不同寻常，一望无际的一人多高的玉米地，红缨渐紫，玉米穗也粗大起来，只是密密麻麻的玉米叶子太宽厚，又太沉静，护卫着地里的一切，人们难以钻进去——闷热无比，叶子会割伤皮肤。

我背对庞大的玉米地，面向二道河，从立陡立陡的一米多高的岸上，猛地扎进滚动的流水里，未料双脚够不到水底，身子一直往下沉，心想：这下完了，非淹死不可！

我再次拼命往上挣扎，湍急的河水挟持我急速向下游流动。

悲哀未已，头出水面，身子冲到几十米开外，又见头顶可爱的阳光，周围碧绿的植物，以及我熟悉的穆棱河畔！

假如那次在河里顺势而下，再过一秒钟，水呛进气管或肺里，上浮不出水面，下踩不着河床，就这样迅速地被河水裹走，埋没到远方，从此销声匿迹，无声无息，那么，世界依旧，天下未变，可中国户口簿上却抹去一个名字——今已花甲者的往事及其延续，不复存在。

我狼狈不堪地失魂落魄地爬上岸，此时此刻，心里涌上一个祷告：千万别把这次灭顶之灾告诉母亲。

从此我再也不敢稀里糊涂地往水里跳了。

躲过水灾，未必能避过火灾。

二十世纪七十年代初，我在一家地方企业做电钳工。一天上午，车间突然着火，浓烟滚滚，所有在场的人都奋不顾身地投入救火，我心想，非常时刻来了。

当我全力以赴寻觅要害、蜗蹲在一个旮旯救火时，憋得连一口气也喘不上来，再过一秒就可能被滚滚浓烟呛死。

当英雄还是当逃兵?

瞬间，我放弃成为英雄的可能，选择暂避一处。

冲出车间，冲出死亡窒息地，我又一次死里逃生。

这一经历，无人知晓。

另一次危险，终生惊悸不已。

那是上高中时，我坐在手推车上，从三十度坡顶往下冲驰，若是撞上从坡下上行的人或坡两侧的石头墙，必死无疑。

当时，不知怎么想的，只图自由，以为坐在两个轱辘的手推车上，自行下滑，不用推拉，畅行无虞。谁知，轱辘运行的惯性竟无法控制，飞旋的手推车和车上的人听天由命地往几百米的坡下急速冲去。不知何故，惊慌失措中，右侧车轮弯向右，左侧车轮也转向右，咣当一声，双轮卡进坡边一尺深的干涸的石槽里。眼瞅即将发生的灾难，噩梦般地戛然而止，上下路过的行人无不骇异。

我曾死过去一次。那是有两个儿子时，他们绕膝玩耍。除夕傍晚，六七岁的老大和五六岁的老二各执一截橙黄色的萤火虫大小的香根，头上闪着火红，一股细若游丝的烟丝袅袅冉冉，随着他们跑动而飘逸。

接近19时，新闻联播，我从椅子上站起来，径直向电视机走去，两个孩子前后追逐着从我鼻子底下、电视机前斜穿过去，边追逐边嬉笑。

骤然，一股香烟如灰蛇一般，钻进鼻孔，抵达腹内，我自觉身子向右歪斜过去，倾倒之后便无知觉。

事后莘告诉我，当时我瞳孔放大，脸色煞白，昏死过去。

她同我岳父赶紧把我抬起来，扶坐到椅子上，一个把持住我，一个掐我的人中，连连呼唤。

这时，中国千家万户进入除夕小高潮（夜里12时同正月初一子时交子是高潮），孩子燃放鞭炮，全家人围坐桌旁，吃一年一度团聚的年夜饭，餐桌上有鱼，而且不能吃干净，一定要剩一些，以示年年有余（鱼）。年夜饭也好，半夜交子吃饺子也好，人世间芸芸众生企求的是“福到了，过年好，年年有余”。

国泰民安，丰衣足食，是历朝历代老百姓祈盼的景象。

谁料到，我突然“死了”，全家慌作一团，孩子顿失欢乐。

冥冥中，我好像独立坐在满是试管的实验室里操作实验，眼前笔直向上的试管里，液体忽上忽下。

似乎我就是那上下移动的液体。

心想，赶紧向上，涌动，冲出顶端。

可是，怎么使劲儿，液体仅仅上下原地窜动，试之再三，不见明显变化。

我有些失望，渐渐疲惫不堪。

心里还是不甘放弃。

试管里依然没有变化。

尽力了，竭尽全力了，不得不打退堂鼓：算了，别再努力了……

瞬息之间，昏厥过去……

就在这时，莘说我清醒了，又活过来。

我感到累，蔫蔫的，岳父和莘以及岳母围在我身前身后。

莘是独生女。我是长子，上有两个姐姐，下有四个弟弟。婚后怕岳父岳母过年寂寞，每年除夕晚上，我同莘和孩子都在她娘家过，莘的婆婆有想法，也无奈，她理解欢乐和孤独的区别。过日子，过的是人呀。母亲常常这样感叹。不过，后来当她知道这一突发事件，便呵斥我："以后，你不要上老丈人家过春节！"

说是这么说，过还得过呀。那时我在市政府办做秘书，事事处处为他人着想，不能任性——做自己想做的事情。

莘给我戴上帽子，围上围巾，建议岳父陪我到屋外附近走一走，换换空气，调节调节情绪。

我缓慢地行动，病恹恹走出一楼家门。

这一片居民住宅楼房六层高，上百栋，每栋左右距离十几米、前后二三十米，在火车道西侧，紧挨鸡西一中校园后身。

黑龙江的严寒到了除夕之夜，稍有收敛，不过，冷气还是逼人。久居鸡西地区的我，似无寒意。

夜色掩不住鞭炮燃火的喜庆气氛。

家家张灯忙碌，户户结彩欢腾。

我有气无力、索然无趣地同岳父漫步一两栋楼后，脚踩花花绿绿鞭炮纸屑，往家里走，步履沉重而幽怨。怎么也想不通，壮实如牛的中年人怎么说死过去就死过去，一点儿不含糊呀?!

从此以后，我戒备并躲避烧香的以及一切烟雾、异味气息。

人生经历，往往从一次又一次危险以致死亡中逃脱出来。逃脱一次又一次，最后，注定难以逃脱。

有时，死里逃生有目共睹或可以意识到；有时，则一无所知，一无所识。后一种情形，往往更可怕，更凄惨，更悲哀。

死亡难以预测。

死亡就在我们身边，如影相随。

一个人，随时会死去。

死亡无法逃脱。

逃脱的不是死亡，是危险或危难。

事后害怕的“死”，还有一次。

1988年秋初，我随同有关部门领导下井，八百米地下，岩石如水泥地面般光滑，斜坡止不住身子。钢铁支柱一排挺立，正直不偏。瓦斯积聚，随时临界爆炸。岩下缝隙滴水不断，坑道里黑漆漆的，无处不湿漉漉。从八百米井下升上来，第二天飞上万米蓝天云海，四个多小时航程，从哈尔滨到广州，落地后心里才踏实。

从地下到天上，无不险象环生。

在地下和天上之间，又何尝不环生险象？

如今，穆棱河水命运如何呢？

半个世纪后，我思念着写一章散文诗：

祖国锦绣版图上，
您是一条短促的曲线；
转瞬即逝的时光里，
您像甲骨文那样篆刻在我心田。
多么清澈，
群鱼嬉戏悠闲；
东归大海的波浪，
传递上游的情感；
水草摇撼大小卵石，
快醒醒别再沉睡梦魇；
苔迹所及之处，

朵朵云影投入其间；
起伏的河床比邻两岸丰茂庄稼，
红蜻蜓花蝴蝶你追我赶。
鱼饵活泼生动，
大白鱼饥肠辘辘眼睛瞪圆；
垂钓等待又一个喜讯，
纹丝不动地注视标杆。
淘小子脱光接连跑进河里，
噼里啪啦地打闹追逐叫喊。
细沙仰望飘逸的岸柳，
岸柳遥看连绵的远山；
条条小路蜿蜒而至，
汇聚成崭新的起点；
然后又伸向远方，
行旅何愁道路难？
挽起裤脚儿，
亦可抵彼岸。
岁月的沧桑与儿时的记忆，
搭乘那摇橹或把缆的渡船。
二十世纪中叶的一滴水，
如今是否混浊且已枯干？

期望影片《文天祥》“三格”

从蔡权那里喜闻百线影院投资控股有限公司拟筹拍历史故事片《文天祥》，期待它史实严谨，远离轻佻的戏说猜想，拥有隽永品格、诗意风格和崇高规格，隆重上映。

一、隽永品格

文天祥的故事发生在中国历史上宋末元初（1236—1283）那个时段，恰在中国两千多年封建社会的中末期，影片反映当时社会大动荡、大变革的生活画面，在南宋政权腐败衰微、蒙古族骑兵大举南侵的背景中，从新旧朝廷更迭、宋元将士浴血奋战、生灵遭遇涂炭的老百姓以及隐居江湖的术士等层面和角度，有限度地揭示中国封建社会改朝换代的一般规律，以及宋亡元兴的特殊缘故，应是华影传媒摄制《文天祥》艺术赋予的隽永品格。

每逢社会天翻地覆大变动之际，从上到下，所有人的命运、人际关系都必然发生重大变化，虽然人各有志，但是不论何种意志，都随之发生重大变动，整个社会可归纳为三种形态：殉志、丧志、隐志。

这三种形态中，殉志最高尚，为全人类所景仰，为中华民族传统文化中最值得弘扬的不受时空限制的品德和价值观。

毛泽东在《廿四史·唐书卷一百一十三·列传三十八》第116页上眉批“文天祥以身殉志”。

文天祥本人也认为自己必定殉志，多次表明“未肯丧斯文”，“男子千年志，吾生未有涯”，“以身殉道不苟生，道在光明照千古”。

有人认为文天祥以身殉国，其实不是。以身殉国和以身殉志是两个概念、两码事和两个性质。文天祥就义（1283年1月9日）于宋亡（1279年二月初六厓山海战，陆秀夫蹈海护君）数年之后，“国”已不在，说殉国是不准确的，不着边际，莫须有，牵强附会。

宋亡元兴时，文氏三兄弟分道扬镳：老大文山殉志，老二文溪（字璧）丧志，老三文璋隐志（《宋史翼》记天祥有兄天祯，亦隐志），“各行英志矣”（见文天祥就义前写给文陞的信）。

当时朝野上下、芸芸众生，面对个人命运的选择，基本像文氏三兄弟那样，各行其志，各有各的下场和结局。

末世出英雄。在生死关头、大是大非面前，选择人生道路是客观现实所逼，是主观意愿所为，也是主客观种种因素所致。反映七百多年前人世间选择人生命运，再现当时风云人物各行其志的种种姿态，应是影片《文天祥》的又一隽永品格。

二、诗意风格

一部影片的风格与编导演员关系密切，与反映的时代关系密切，更与影片主人公形象密不可分。可以说，影片风格取决于主人公形象及其形象风格。

文天祥是中国诗词史上著名诗人词家，其诗《正气歌》《过零丁洋》等世代传诵，其词《齐天乐》“剑拂淮清，槊横楚黛”，《酹江月》“镜里朱颜都变尽，只有丹心难灭”，《沁园春》“留得声名万古香”等气壮山河照汗青。其写实和写意的诗词，真实、艺术地反映了当时社会风貌和诗人胸襟。

文天祥除了读书、吟诗、下棋外，金榜题名、起兵抗元、英勇就义等人生壮举，无不洋溢诗情画意。

他本身是一首浩然正气歌，是一幅“庐山方许一人高”画。

文天祥诗词可向影片《文天祥》提供原生态的迷人的蒙太奇镜头。

如江南社会生活：

晓日半窗红，邻鸡振翼雄
馀子贪慵睡，佳人理发蓬
未忘尘俗虑，那免是非攻
前山浑不见，笼翠雾烟中
贫家机杼寒，秋虫助予叹

如抗元时的市井乡村生活：

啼鸟乱人意，落花销客魂
渔艇迷烟，樵柯失径
猿归危嶂，风急波翻雪
风烟满故园
蜀鸟吴花残照里，忍见荒城颓壁
残星荒店野鸡啼
稚驴黑月光中吼，饥鼠青灯影下游
隔巷犬嗥风
山河破碎风飘絮，身世浮沉雨打萍
烟横古道人行少，月堕荒村鬼哭哀

如戎马生活：

彭城古官道，日中十马驰
咫尺不见人，扑面黄尘飞
异花开绝域，野风吹征衣
中原似沧海，万顷与云连
野阔人声小，日斜驹影长
远树乱如点，桑麻郁苍烟
铁骑衔枚还疾走，瑟瑟风摇旗帜
将军戴铁笠，壮士敲金镫
青毡纩我后，白毡覆我前
野树辞秋落，溪云带雨行
风雨吹打人，泥泞飞上衣
燕山积雨泥塞道，大屋欹倾小成倒

一雁入高空，千鸦落平田
我行天地中，如蚁磨上旋
健马嘶北风，潜鱼乐深渊
一叶飘摇扬子江
雁荡双峰片云隔
自经丧乱少睡眠，手脚冻皴皮肉死
跨江半壁阅千帆，虎在深山龙在潭
风起千湾浪，潮生万顷沙
好事官人无勾当，呼童上岸买青虾
隔溪胡骑过，傍草野鸡飞

如厮杀惨烈场景：

百万攻一城
贼臣表逆节，胡骑忽纵横
咆哮按剑一何嗔
炮火雷飞箭星落
死者乱如麻
川谷血横流

如读书场景：

箧破书犹在，炉残火复燃
挑灯看古史，感泪纵横发
君今拂衣去，我独枕书眠
起来高歌离骚赋

如狱中场景：

朝看带缓方嫌瘦，夜怯衾单始觉衰
倚床腰见骨，览镜眼留眶
苦吟肩鹤瘦，多病耳蝉鸣
露打须眉硬，风搜颧颊高
豺狼尚畏忠臣在，相戒勿令丞相知

假使我们穿越七百三十年的时空，回归文天祥描绘的宋末元初意境中，即使影片始终贯彻南征北战、刀光剑影、血雨腥风、气壮山河的基调，也不能回避代诗情画意元素。

社会再动荡，也不乏浪漫情调。宋人喜占卜信命术，但文天祥未必相信卜术："若卦有人买，不妨君卖直。"直同值(钱)。他平生嗜弈棋，不计晨昏。文天祥"体貌丰伟，美皙如玉，秀眉长目，顾盼烨然"。一相士看少年天祥顶上鬈发，预言其末年必受极刑，虽官高齐天，但亦不能免除。天祥曾言："平生几十馀次梦见骷髅满前后无数"，显然，此非祥兆（记于《癸辛杂识》）。

文天祥就义那天，菜市大风扬沙，顿时昏天暗地，近在咫尺莫辨。此后数日天色阴晦，宫中皆秉烛，群臣入朝亦列炬前导。忽必烈甚悔之，遂追认文天祥为元朝太保、中书平章事、庐陵郡公等荣誉称号，并设坛隆重祭祀。宰相索罗第一个向灵位行致敬礼，虔诚祭拜；忽然狂风旋地而起，吹沙滚石，睁不开眼。少顷，风卷神主灵牌于空中，隐隐雷鸣，如闻怒声，天色愈暗。宰相一行顿悟大错，慌忙改口，连称文天祥为大宋宰相，复又跪拜不已，天色随之渐渐恢复明朗。

《坚瓠集》记载的灵异场景，能否纳入影片之中？此种浪漫传奇，耐人寻味，富有诗意。

三、崇高规格

这里涉及两个问题：一是如何定位文天祥？影片《文天祥》突出什么？其经典个性何在？二是影片《文天祥》内涵的思想灵魂及其现实意义？

对文天祥，史有定论。

前不久（2012年6月29日），九十高龄的杨振宁在清华大学作学术演讲，他说“不同的时代人的思维方法是不一样的”。从这个视角出发，我对文天祥定位的思维方法不是今人的价值观，也不是宋末元初时人的价值观，而是春秋战国孔孟的价值观。

《宋史》撰成于元至正五年（1345），应属基本可信。《文天祥传》末言，文天祥就义后，其妻（一说欧阳夫人先公自刎）发现衣带中诗曰：“读圣贤书，所学何事？”这是就义前自问，就义时自答：“吾事毕矣。”

“何事”“吾事”的“事”是什么？这对定论文天祥至关重要。

“事”是成仁，以身殉志：“舍生而取义”（孟子），“杀身以成仁”（孔子），“孔曰成仁，孟曰取义，惟其义尽，所以仁至”（文天祥）。

“仁至”则“事毕”，从孔孟角度认定文天祥，等于文天祥自认。

"仁"是什么，为什么"仁以为己任"（孔子）的文天祥不惜舍生杀身？

有的学者认为，中国传统文化中的"仁"者，人也，爱人，是处理人与人之间关系的准则。

有的学者认为，中华民族传统文化的核心是"礼"不是"仁"，孔子认为："人而不仁，如礼何？"

有的学者认为，"礼"的根本是"仁"，"礼"的根基是处理人与人之间的关系，最重要的是处理后人同先人的关系，重视祭祀。祭祀什么？崇尚先人的"仁"，仰慕先人以身殉志精神、浩然正气作为。从"礼"的祭祀角度看，影片《文天祥》应是对文天祥的祭祀。

我认为，"仁"除了处理人与人之间的关系，还应有处理人自身"灵与肉"的关系，处理人与时空，包括自然、社会、现实、历史、未来的关系的内涵。"仁"所涉及的三种关系中，主要不是人与人，而是人自身"灵与肉"。最让当时人和后人感动的是文天祥处理自身"灵与肉"关系时所毅然决然采取的舍生杀身成仁的决断。

认定文天祥是仁者，不是贬低，也不是褒扬，而是实至名归。

我们常说"仁者见仁"，其实不确，古往今来，仁者寥若晨星，称得起仁者不多。

殷商六七百年，平均一二百年才出现一个仁者。孔子说：浩浩殷商朝野上下才有三位仁人：商纣王之兄微子、之叔箕子、之叔父比干。

后来孟子认为还应包括商纣王之兄微仲、之臣胶鬲。

商朝后的周朝八九百年间，平均百年出一个仁者。孔子说周有八仁：伯达、伯适、仲突、仲忽、叔夜、叔夏、季随、季騧（音瓜）。

有人对孔子说，您是仁者，孔子马上表态："吾岂敢!"

从宋朝到中华人民共和国建国前的近千年里，毛泽东列出九位仁者，其中文天祥位列岳飞之后（见毛泽东评点《廿四史》），可见，仁者罕见。仁者等同于圣人、伟人。

"仁者"到了宋末元初，与古圣前贤有什么区别？文天祥赋予"仁者"以何种个性，对丰富"仁"的内涵做出什么贡献？

史书记载，孟子继承并发扬了孔子"仁"的观念，认为"人性本善"，以"正道"反对"霸道"，提出"君轻民贵"等主张。

史料表明，文天祥继承并发扬了孔孟"仁"的学说、孟子"浩然正气"学说。他认为，除了孟子说的"浩然正气"无处（包括天地宇宙间）无时（尚须日积月累）不在、同正义结合才会产生作用外，还应有三点：

其一，危难之际、重大关头、生死存亡之际，才能铸成浩然正气，即"时穷节乃见"，并不是平常岁月里随处可见此物。这是文天祥被俘后的感悟。

其二，古人言"仁至义尽"，文天祥认为"惟其义尽，所以仁至"，仁义关系顺序只能确定为义尽仁至，而不是仁至义尽。首先要舍弃，其次才能得到，而不是先得后舍。"义"和"仁"、"舍"和"得"的关系：先破后立，不破不立。这是文天祥就义前的发现。

其三，"仁"的核心价值是"浩然正气"，区别于孔孟"爱人"。文天祥从亲历中认知，正确处理"灵与肉"的关系，胜过并先于处理人与人之间的关系。文天祥一生在处理人与人之间的关系，包括君臣、忠奸、父子、夫妻、兄弟等，都堪称古今楷模，史料清楚，故事感人，情节生动。“仁”的要害是正确处理肉体与灵魂的关系，关键是把握并塑造“灵魂”，然后再及其他，在中国第一个少数游牧民族统治全国的关节点上，卓然养成“浩然正气”，是文天祥对中国传统文化做出的贡献。

文天祥的浩然正气彪炳千秋，巍然如岳。

问题是，在“云”“网”天下的今天，影片《文天祥》现实意义何在？“仁者”当代形象、“浩然正气”何以养得？

这里不妨沿用孔子的思维方法：“能行五者于天下，为仁矣。”

哪五者？

曰：恭（恭谨）、宽（宽厚）、信（诚信）、敏（敏捷）、惠（仁爱）。

把文天祥当时所学能行天下五者用今天的语言概括，就是“诚信”“敬业尽职”和“学以致用”。“忠信，礼之本也。”（《礼记》）诚信为要。

这三点在任何时代和地域都有隽永品格，值得发扬光大。

军旅作家王树增巨著《解放战争》（下）叙述，淮海战役正酣，1948年12月8日晚上，蒋介石在官邸设宴款待胡琏、宋希濂时，顾祝同、林蔚、王叔铭、蒋经国在座。饭后在会客厅放映故事片《文天祥》（亦名《国魂》）。映毕，蒋介石向各位点点头，埋首缓步离去。

这是六十多年前的往事。在中国深入改革开放的今天，蔡权先生拍摄传记史诗巨制《文天祥》，作为一个观众，笔者希望影片能多视角、原汁原味、酣畅淋漓地再现文天祥“仁”者的方方面面：

“学以致用”：

包括殿试万言对策（皇帝理宗见其名曰：“天之祥，乃宋之瑞也。”此乃宋瑞之来历。见《南宋杂事诗注》）。

包括文天祥对中国封建制度的礼乐制度、礼乐文化、礼乐活动学得好，做得也不差。《传》中语焉不详，却有礼乐逸事纪实：“天祥性豪放，平生自奉甚厚，声妓满前。”野史亦记其性情不羁，“留情声色”。

包括“三次起兵”：

第一次奉命勤王，“乌合之众”，以卵击石。

第二次起兵是同杜浒十二人夜遁镇江，一叶扁舟入真州逃亡后，在福建组建督府军，1276年7月仅用几天几夜就建起十里“鬼城墙”（亦名文山城墙），屡战屡败，仅胜过两次——一次（1277年夏秋）雩都大捷连克十数县，声威大振；另一次收复惠州以及潮阳、梅县、龙川一带，改变粤东形势；公元1278年12月21日空坑大败，应大书一笔英雄赵时赏坐轿扮“文”使天祥得以解脱。

第三次起兵，书生一人，战场囚室，以浩然正气为帅，以人生晚节为军，昔日剑在手，今天笔在握，以笔锋作刀锋，“舌在纵横击可汗”，绝食不寝，英勇不屈，震撼朝野，无敌天下，永垂不朽。

2014年10月25日下午，在华影会书画院二楼小会议室，蔡权先生主持《文天祥》剧本研讨会，丁荫楠、文勇、那耘等在座，我急不可耐地说了三点意见：

一、开头从一个高潮切入，即最后一次大战，文天祥被俘演起。

二、在各个威逼利诱的故事环节里一一回顾文天祥这个民族英雄成长的经历。

三、从他的诗词里捕捉并提炼那个时代的社会景致、人文风情等细节。

还有一句话未来得及补充，会议便结束了。那就是，这部片子应是诠释中国两句成语：仁至义尽、舍生取义。

仁至义尽和舍生取义，是因果关系，因为要做到仁，所以要先做到义，因为要做到义，所以必须舍身。

“诚信”：

包括童年慕“忠”，“母尝教我忠，我不违母志”，跪泣送圣，“语讽似道”，痛斥梦炎，弹劾奸臣、惩处叛将、斩首跋扈以及故相江万里托付国是等忠君报国行“仁”举止。

“敬业尽职”：

包括仕途勤谨、廉洁奉公、家财充饷、从容就义。

以上这些场面、情节和特写，果能精致再现，则其格调崇高、精彩必会叹为观止！

2012年6月30日草于崇文门东大街书斋

7月1日改于通州区西马庄园

7月2日改于崇东

2014年10月26日补

贺华影会[①]开张

高碑店路185号——华影会，是首都北京高端、豪华、精粹的一个会所，也是蔡权先生拥有的会所之一。

华影会，是商务中心，从事影响国内外的经济活动；是文化艺术平台，传承古今，开拓创新；是商务和文艺互动的佳妙场所，传播一个又一个惊喜。

蔡权对华影会的设计理念及其成果，除了负责施工的彭总等少数人之外，我同各位一样，知之甚少。其中一件成果，让我十分惊异。

三楼明亮、宽敞、舒适的书画室大门两侧，各为两块顶天立地的玻璃，蔡权想把玻璃之间的对缝除去，于是设计了巧妙遮挡方式：竖立一幅邵华泽先生书写的木刻对联，垢去明存，对缝不见了。

用另一幅由沈鹏先生撰书的隶书木刻对联，大小厚薄同邵氏的一样，与之相对，室内外玻璃成为一体，大气透明，蕴含典雅，犹如当代仁人志士。

---

① “华影会”已改名为“北京华影会书画院”。

这让我联想到明交椅扶手上铜箍，既装饰又把花梨木的接榫之缝遮住。蔡权的设计，同古人精湛的工艺相媲美。

这也让我意识到，凡遇类似景象，应一问原因，再问原理，三问原因和原理背后的原创。

我感到蔡权“举大体而不论小事，务实效而不为虚名”(苏东坡语)，是企业家，是艺术家，是把企业家同艺术家融为一体的具有寰宇视野、勇于改革、共同致富理念的思想家。

同他相识相处多年，开始的印象虽然鲜明但单纯，只是感到他向上、阳光、进取。交往多了，又发现他的言行与其名“权”字符合，“权，变也。反常合道，又宜也”（《广韵·仙韵》）。“权”的涵义包括权利、谋略、变通、权变，即衡量是非轻重、形势利弊，因事、人、时而制宜。他拟改讲话稿，以及修改《五山细雨》清样时，锱铢必较，一画不苟，一字不放，一句不爽。对蔡权的人格风范我曾向深夜送我回家的文勇先生感慨：一个人一生做到积极进取已不容易，又做到灵活应变已不多见，再加上叫真，又不钻牛角尖，应说屈指可数。对上进、应变和老实集于一身、融会贯通之人，敢不敬畏?!

文总开怀大笑，频频首肯。

蔡权的华影会诞生了！

我同友人衷心祝愿：蔡权以及围绕他的全体员工，迈出的每一步，都是踏实而深刻的！

2013年1月21日晨曦
2月1日晨曦补笔
3月5日下午又补
2014年12月2日补写

《桃李正酣》后记

沈鹏先生赞成我从他笔耕一生、愈百万字文章里，将散文和随笔检索、剪辑成这本书。

大部分文章虽发表过，但散布于国内外报刊，难以集中翻阅。这次汇集，沈鹏先生对个别文字略加改动，有的多处增删。

作者所写国内外的艺术活动经历、见闻和感悟，大多为编辑之余即兴之作。有些事儿，过往久矣，重新览阅，恍如昨日；假如当时不能留存，记忆的覆水恐难收拾。

集内文章横向无内在联系，纵向看，大多关乎世间生态和艺术创作，姑且用其中一篇标题《桃李正酣》作书名。“桃李正酣”出自沈鹏先生在母校为他成立艺术馆的大会上讲话引用唐人崔融《和宋之问寒食题黄梅临江驿》中诗句“遥思故乡陌，桃李正酣酣”，蕴涵浓厚乡思以及经过漫长人生阅历凝成的纯真情愫。

沈先生散文和随笔，真实、生动、有趣，溪涧飞瀑般潇洒，汩汩泉水般纯净，地下潜流般幽深。节奏舒缓，娓娓道来，宛若漫步。语言如明月清风，行云流水，朴素淳美，雅俗共赏。文笔节奏加快时，便演进为散文诗。

沈先生年届耄耋，将散文、随笔汇合，辅以若干诗书图版，以“桃李正酣”命名亦是乐事。

但愿读者目睹的是当代文人命运之履痕，社会时代之倒影，诗意境界之碑刻。

2016年8月28日

一分为三

为求真谛，得见真佛。

几经周折，找到艾丰，有幸聆听他畅所欲言。

2000年4月25日这天下午，我冒着漫天肆虐的尘沙，骑自行车到宣武门外白纸房经济日报社。

艾丰正坐在电脑前撰写文章，我中断了他的思路。

虽是初次见面，但却谈论整整一个小时：

中介是一分为三的关键所在。

我从有关书籍里发现艾丰的《中介论》，同时也发现了庞朴的《一分为三》。这两个发现，让我兴奋不已。

在这之前之后，我注意到报载：美国《三的法则》指出，任何稳定的市场都将出现三足鼎立局面。

赵文华在《随想——》中说，“找到那种中间感觉也许是最佳状态”。(《中国油画》，1997年第4期)

三分法来自远古生活，来自《易经》《道德经》，来自中华传统文化。

《易经》将世界视为数（量）、理（论）、象（貌）。认识和把握世界，确立正确的世界观，《易经》指示了方向。

鲁迅说："中国的根柢全在道教。"

我读《道德经》，以为其根柢是一分为三。

"视之不见，名曰夷；听之不闻，名曰希；搏之不得，名曰微。此三者，不可致诘，故混而为一。"这应是"一分为三"的出处、本源。

《道德经》进而分析："其上不皎，其下不昧，绳绳不可名，复归于无物，是谓无状之物，无物之象，是谓恍惚，迎之不见其首，随之不见其后。"

此处仅提"上""下"，未及"中"，实则明确言及："首""后"（尾）之间不是"中"是什么？

《道德经》里多处出现"三者"，括谓一体。"士"亦有"三"："上士闻道，勤而行之；中士闻道，若存若亡；下士闻道，大笑之。不笑不足以为道。"对《道德经》里的根柢，应持上士态度。

老子手里有宝贝，不是一，也不是二，而是三。"我有三宝，保而持之：一曰慈，二曰俭，三曰不敢为天下先。"总之，"道生一，一生二，二生三，三生万物"。"三"，何其了得！"一分为三"是《道德经》的核心价值理念。

我的恩师沈鹏先生哲学思想基础是一分为三，思维及其方式是"有分析地看待生活中的各种现象"，包括书法艺术。

书法形神并不各自孤立，也不能离开。没有无形的神，也没有无神的形。"'形'是'神'向'形'的外现，'神'是'形'向'神'的转移。""至于'骨'，我体会是介于'形'、'神'二者之间的东西，有时偏于一方。"（1983年《书法"神""形"小议》）

《重在发现》写于1983年10月，其中有对观察、捕捉和想象三种能力关系的论述："观察事物的敏感力，发源于深刻的理解；而深刻的理解又必然孕育丰富的想象。敏感力与想象力都属于认识的一种形态，当中包括了由感性认识到理性认识的许多中间环节。"

中间环节介于两端之间，向左靠，则离右远，向右靠，则离左远，左中右三者关系的把握，就是把握三种能力。

有人侧重捕捉，却不知其根源在于观察；有人侧重观察，却不去捕捉；还有人侧重想象，却不知其不竭之源泉是观察和捕捉。只有正确有序地处理它们之间的关系，才能有效利用并发挥这三种能力，才能有所发现，有所作为。

他在1996年9月《继续探索》中说："优秀传统的涵盖面及于古代、现代以至将来"。

"三馀"也是三分时间。

1999年9月，沈先生在《直面现实》中说："我们不必排除理论家与创作家的分工，兼而有之的人也会有所侧重。"

2006年6月，在《诗意铸书魂　忽故已涉新》一文中，沈先生认为："生活里的丑的事物，是同生活里美的事物相对而言的，由'丑'到'美'又有许多中间环节，很难简单地一言以蔽之。"

同样的思想早在1998年6月《美育的渴求与纯化》中已出现："'美'与'丑'对立地存在，不美的东西倒未必一定打上'丑'的印记，'美'与'丑'之间有着广大的'中间'地带。只不过'美''丑'总表现为一种倾向，生活中无所不在。"

沈先生步行到人美社，穿过几个胡同。他看到五十米长的灰墙上大书"建设文明区"，辅以涂抹的杂色山水以及楼阁，不远处又现类似的斑驳图画，画旁堆积着许多垃圾。本已狭窄的胡同，摆满菜摊，停放着一长串各色汽车。一天相向开过来的两辆小汽车互不相让，突然又挤进一辆摩托，只见那人一手持大哥大，一手夹着香烟，在自行车中强行，来到汽车前，直挺起墨镜，大呼大喊，挥舞胳臂，一时无法通过。

这一“美”景仅仅是经济发展的产物吗？

在《2003年春夏之交的随想》里，沈先生说：“在创作者与接受者之间，有许多中间环节，包括评论、出版、新闻媒体、展览、销售等等。”

中间环节发挥着越来越重要的中介、促进作用。

“‘笔’与‘意’之间的一个重要环节是‘势’……‘势’既是笔法的动感，又是‘意’的物化。‘势’向‘意’延伸，‘意’借‘势’高扬。”（《〈周俊杰书法艺术〉前言》）

谈到美学境界，沈先生认为，在崇高与消极之间尚有诸多层次，且因人而异。

在《书学漫谈——授课实录（二）》（2007年9月22日）中，沈先生说：“有的时候，君子指社会地位，有的时候，是说人的一种性格品性，也有兼指这两者的。”对君子一分为三，而不是一分为二。前者比后者更全面也更准确，即更合乎实际情况。

在《书学漫谈——授课实录（五）》（2008年11月8日）中，沈先生说：“虚和实之间必定有一个中间地带。”

可以举出许多事例表明沈先生对事物三分：

“三写”：写字、写诗词、写文章。

“三看”：挂在墙上看、放在地上看、摆在桌面上看。

“三思”、“三省”、“三悟”……

他对工作中“三种关系”的提出，具有普遍意义：硬件与软件的关系；普及与提高的关系；眼前与长远的关系。

孙过庭《书谱》归纳出学书的三个阶段："初学分布，但求平正；既知平正，务追险绝；既能险绝，复归平正。"他把一个学书者不断进取、不断进步、不断进展的轨迹描画出来，让人感奋。开拓进取是有阶段的，不可能一气呵成，一举成功，一步到位。而所有阶段，大致可一分为三。

北京师范大学一位教授在电视频道里讲行书笔画之间的关系，他说无非三种：有距离、有接触、有交叉。这同事物的分寸：不及、过之、正好一样。把生活中的事理运用到书法中去，也是事不同理同。赖起凤《书法"底缘"论：一种书法形式构成现象的历史考察》（2012年6月6日《书法导报》第6版）归纳出"高悬、逼边、冲破是简牍中常常出现的三种底缘关系。""依据行末字与底缘之间距离的远近，笔者将其大致归纳为高悬、疏离、逼边、吻贴、上引、破边六种类型。"六种类型实乃三种关系。三种关系可以演绎出种种类型，不止"六"。

包世臣在《艺舟双楫》中说："用笔之法，见于画之两端。而古人雄厚恣肆，令人断不可企及者，则在画之中截。盖两端出入操纵之故，尚有迹象可寻；其中截之所以丰而不怯，实而不空者，非骨势洞达，不能幸致。"他又说，中截丰实，中实之妙，自唐高宗李渊之后，遂难言之。

"言左右必有中"，包世臣说，这好像山川流水深聚处，左右之水都受制于它。

中间环节或中间地带，在思维或把握中居于关键部位。

中间突破，两侧延伸，常常有效。"抓两头带中间"就是一分为三的套路。有史以来，这类经典语言尚未收集，一旦收集，必定益人。

研究三分法的价值在于找出关键、关键部位、关键环节，找出要害，同时注重相关环节、细节，像透视镜、解剖刀、千里眼、顺风耳那样多快好省地协助人们解决问题。

如何对待日常生活，可以有各种各样的一分为三或三分法。

苏东坡在惠州白鹤峰建的住所后人命为“朝云堂”，有房屋二十间，其中有“思无邪斋”“德有邻堂”，他请当地太守帮他物色花木，找中等的，大的花木不易移植，太小的等不及长大，东坡年纪已老大。以此观之，东坡对移植花木的态度也是对事务的态度，对人生的态度。

明朝万历初年首辅张居正《答少宰杨二山言条编》的态度是客观、宽松的：“条编之法，有极言其不便者，有极言其便者，有言利害半者”，任从其便，如有不便，不必强行。

张居正处理问题是多角度的，他主持制定的清丈条例，把田地划分成上、中、下三等，不得重复填报。执行中，往往上填中下，下绝不会填中上。

万历六年以后，“内外的困难已经没有，但是居正的困难，正在不知不觉地加强。问题只在神宗身上。”朱东润《张居正大传》眼观六路，耳听八方，并非一分为二地叙述历史。

中国企业家蔡权先生看问题也是三分法。以“胜”字为例，他不是一分为二，而是一分为三：“小胜靠智，大胜靠德，全胜靠和。”他如何看待利益？着眼物质和精神以及两者兼顾，由是确立企业价值观为“一起创富，一起幸福”。

经济活动中，介于有钱和无钱人之间的起关键作用的是银行，银行的信用。

三分天下事物，古往今来，大有人在。

艾丰经历了抗日战争、解放战争、抗美援朝以及国内的历次政治运动，丰富的人生经历让他思考来思考去，涉及真理、谬误及其中介。

真理和谬误，从哪个角度看？角度不同，结论也不同。从相反角度看谬误，谬误是真理。从相反角度看真理，真理是谬误。如是观之，真理和谬误都有三种身份或面孔：是其本身，是其本身的对立面，是其介于本身和对立面之间的第三者。

空前绝后一词填用之。前后之间有个现在，现在之前是过去，现在之后是未来。前人的未来和来者的过去都应是现在。

从1到0，一共十个数字。0，应是圆满的象征。而1，是什么？是阵云、地平线、江河、高速路，是一个太阳，一个地球，一个环寰，是一个人，一个思路，一个举动……

怎样看待1？

把1分开来看。“把汝裁为三截！”分成三块，一分为三，三是多数，不限于三，可以划分下去。

问题是，时间、空间、自然、社会、人本身如何三分？面对陌生事物、突然事件、艰难困苦、荣华富贵如何三分？凡事如何三分？

从组成、结构入手，似更容易。比如一株大树，可从上到下三分为树冠（叶）、树干（包括枝）和树根。根、枝、叶是树的三个组成部分。

从事物所在的位置入手，有时一目了然。例如一位公务员，刚参加工作时在基层，因其善于总结、不断进取，若干年后升到中层，待以时日，退休前到了上层。由下经中再上，这样三个阶段完成了他公务员的一生履历。回顾当初，他自己及其有关人员，未必能料想到会是如此命运。正常情况下，凡是肯于或具有“善于总结、不断进取”的素质，一般预测其步步高升比预测其原地踏步更让人信服，也更符合事物发展的逻辑。

从时间角度入手，运用三分法，做法较多：早、午、晚；过去、现在、将来；一分钟前、一分钟时、一分钟后……

从空间入手，左、中、右比东、西和东西之间更好分辨方位。西汉帛画所绘内容，从空间上划分，很是有趣。1972年1月湖南长沙马王堆一号汉墓（长沙相利苍之妻墓葬）盖在内棺上的彩绘“非衣”帛画（长205厘米）绘制了天上、人间和地下景象，同1976年5月山东临沂金雀山九号汉墓发掘的长方形帛画内容近似。古代人将天上、人间、地下视为三个生存空间，一个有一个等级。高、中、低等级，自生产资料私有化以来，愈演愈烈。绘画反映生活，反映历史，反映人们的内心世界。世间人向往天上，畏惧地狱，这可能是中庸观念的产物。

由一点出发，再及其余，即由局部到全局，由少到多，渐进式分析研究，所获会是层出不穷的。

从一个角度入手，无论是直角、钝角还是锐角，都可以衡量出尺度；从自我、他人还是我他之间，也能看清出发点、真实目的和具体用意。

从颜色入手，也是一个选择。象（外貌、形态、模样）、数（多少）、理（本质、道理、学问、知识等）是三分，它们本身亦可三分。

……

顾左右而言他（它），“在两难交叉的中间地带确立一个彼此兼顾的立足点”。

叩其两端执其中（孔子）。

“深处种菱浅种稻，不深不浅种荷花。”（阮元《吴兴杂诗》）

上述做法放之四海而皆准。

以水为例，基本有三种形态，因温度而别。通常是液态，江河湖海溪泉瀑雨；零度以下固态，冰雪霜雹；100度以上气化。云、雾（因寒冷而散发的气体未必达到高温）这类气体有点怪，似应归为水的固态。

当科学家真的发现并证实希格斯玻色子存在时，那么基本粒子三分理论便成立了：夸克、轻子和玻色子。仅仅发现了玻色子存在迹象，科学家们便欢呼起来：“历史时刻到来——人类对宇宙的理解将改变！”

以衣食住行的“住”为例，资料表明，世界各国解决城镇居民住房问题，基本是三足鼎立：居民自购、租赁和政府建廉租房、保障房。

以两性关系为例，有人概括为三种类型：旧式、新式和未来浪漫式。

以人的不同年龄段为例，孔了《论语》告诫：“君了有三戒：少之时，血气未定，戒之在色；及其壮也，血气方刚，戒之在斗；及其老也，血气既衰，戒之在得。”

最初一眼和谈论中不断地打量艾丰，他的莽汉形象和气势，让我震撼。觉得他的形象不像文人，风度更像武士甚至侠客。脸上的纵横纹路，让我意识到他的深沉和沧桑。热心肠，直爽性情，让我拂去陌生感，好像是老相识。不听他说什么，单看相貌，已魅力十足。

《中介论》里说，毛主席三分世界，把各国划分为三个阵营，中国是发展中国家之一。但中国不一定老在发展中国家阵营里待着，二十一世纪第二个十年已初见振兴景象。再过几个十年，说不定有进入发达国家阵营的可能。不管中国何时进入哪个阵营，世界各国却永远可划分为三个阵营。

毛泽东：希望第三世界团结起来。第三世界人口多啊！

卡翁达：对。

毛：谁是第一世界？

卡：我想应该是那些剥削者和帝国主义者的世界。

毛：第二世界呢？

卡：是那些已经变为修正主义分子的人。

毛：我看美国、苏联是第一世界。中间派，日本、欧洲、澳大利亚、加拿大，是第二世界。咱们是第三世界。

卡：我同意主席先生的分析。

毛：美国、苏联原子弹多，也比较富。第二世界，欧洲、日本、澳大利亚、加拿大，原子弹没有那么多，也没有那么富，但是比第三世界要富。你看这个解释好不好？

卡：主席先生，你的分析很确切，十分准确。

毛：研究一下吧。

卡：我想不用研究，我们的意见就可以取得一致，因为在我看来，这个分析已经很确切了。

毛：第三世界人口很多。

卡：确实如此。

毛：亚洲除了日本，都是第三世界。整个非洲都是第三世界，拉丁美洲也是第三世界。

这是1974年2月22日毛泽东同赞比亚总统卡翁达谈话的一部分。

（中央文献出版社、世界知识出版社1994年出版的《毛泽东外交文选》）

毛主席说，凡有人群的地方，都有左中右。中国文学界有个时段曾围绕中间人物争论不已，中间人物不仅存在而且是人群中的大多数，中间人物作为文学形象，是典型之一，就不奇怪了。中间人物属于人群左中右的“中”。

《毛泽东选集》里的《中国社会各阶级的分析》（1926年3月）指出一条正确的路线，团结大多数，打击一小撮，既反对右倾机会主义路线，又反对左倾机会主义路线。这篇文章中有一句话千古不易：“春夏之间，青黄不接”，是对那一特定时段的三分法。

《论持久战》引导和鼓舞全国军民打败日本侵略者。亡国论是不对的，速胜论也是不对的，为什么是持久战？毛主席一一回答了，并给持久战描画出战略防御、保守、反攻三个趋势轮廓阶段。

中学课本里，《左传》两篇关于打仗的文章，都有三分。《郑伯克段于鄢》：“大都不过参国之一；中，五之一；小，九之一。”《曹刿论战》：“一鼓作气，再而衰，三而竭。”

中国古典文献里随处可见一分为三的理论。《荀子》的《王霸》篇里分析农夫之所以百事不废，是因为“上不失天时，下不失地利，中得人和”。而《孟子》认为：“天时不如地利，地利不如人和。”“人和”居于重要地位，中国农民必然走上合作互助的劳作体制，各顾各，一盘沙的时代将一去不复返。

汉朝名将李广“出猎，见草中石，以为虎而射之，中石，没镞，视之，石也。”《史记》这一情节进入唐代诗人卢纶（748—799?）《和张仆射塞下曲》中，则是另一番景象。

林暗草惊风，将军夜引弓。
平明寻白羽，没在石棱中。

诗境并非烘托边塞荒凉，亦非形容将军警惕性和武艺高强，而是刻画唐中后期（618—907）冶铁和治炼以及箭矢之锋利无比，主题词是“石棱”，要害是棱角。中石不一定中棱，中棱不一定没镞。汉将中石没镞，未说中棱；唐将中石没镞在棱上，更胜一筹。后来者居上，一代更比一代强。唐代科技强盛，经济繁荣，必然为诗歌等文学创作提供雄厚的物质基础。文学创作是经济沃土上的百花园。与其说卢诗为“塞下曲”，不如说是“科技歌”。

文学创作中的意象如何三分？

诗可从语言、具象和情感三个审美范畴考虑。古典诗词曲文里，月亮作为团圆的意象，最著名的语言是“婵娟”；作为思念的意象，则是“地上霜”；作为清幽的意象，非“春江花月夜”莫属。

晚清王国维发现一个规律：“古今之成大事业、大学问者，必经过三种之境界：‘昨夜西风凋碧树，独上高楼，望尽天涯路。’此第一境也。‘衣带渐宽终不悔，为伊消得人憔悴。’此第二境也。‘众里寻他千百度，蓦然回首，那人却在，灯火阑珊处。’此为第三境也。”笔者以为这三境界里乃蕴含三种可贵的素质，即高尚意志、坚韧毅力、勤谨精神。人世间三百六十行，行行都有这三种境界需要涉入。

艾丰在全国最先提出中观思想，引起很大反响。

省级单位在中国行政序列里起到至关重要作用，他认为，中观者不能取代宏观者，也不能干预微观者。

老百姓常说，上边的政策没错，经是好经，让和尚念歪了。和尚不是别人，是中观者。中观者介于宏观者和微观者之间。省级行政介于国务院和市、县之间，是向基层市县落实国务院以及各部委政策、规定的关键、要害和核心。

有人说掌控住中国两千多个县级行政部门就等于掌握住国家命运，此言值得商榷，慎重对待。

艾丰说，目前还没有人系统地完整地科学地论述中介，他的《中介论》仅仅是点题而已，离哲学论著相去甚远。

解思忠教授认为中国传统人生哲学“三字精髓”是“空中柔”，乃“人生三度”：佛空高度，道柔角度，儒中尺度。他说社会生活的捷径不是直线而是曲线，曲径通幽，欲速不达。

一分为三，让我认识艾丰，引领我开阔视野，观察混沌的人世间。

2016年9月

图书在版编目（CIP）数据

五山细雨 / 蔡权，李果 著. -- 北京 ：作家出版社，2017.5

ISBN 978-7-5063-9494-9

Ⅰ. ①五… Ⅱ. ①蔡… ②李… Ⅲ. ①散文集 - 中国 - 当代 Ⅳ. ①I267

中国版本图书馆CIP数据核字（2017）第107968号

五山细雨

作　　者： 蔡　权　李　果
责任编辑： 宋辰辰
装帧设计： 金　刚
封面题字： 李　果
封面图画： 李　果
出版发行： 作家出版社
社　　址： 北京农展馆南里10号　　**邮　　编：** 100125
电话传真： 86-10-65930756（出版发行部）
86-10-65004079（总编室）
86-10-65015116（邮购部）
E-mail:zuojia@zuojia.net.cn
http://www.haozuojia.com（作家在线）
印　　刷： 北京明月印务有限责任公司
成品尺寸： 142 × 210
字　　数： 163千
印　　张： 7.5
版　　次： 2017年6月第1版
印　　次： 2017年6月第1次印刷
ISBN　978-7-5063-9494-9
定　　价： 28.00元
